Борис Пукин

Непослушная жизнь

Бостон • 2024 • Чикаго

Борис Пукин. Непослушная жизнь
Редактор Юлия Тимошенко

Boris Pukin. Naughty Life
Edited by Yulia Timoshenko

ISBN 978-1-960533-49-4

Published by M•Graphics | Boston, MA
  ▢ www.mgraphics-books.com
  ✉ mgraphics.books@gmail.com

Cover Design by Larisa Studinskaya

Book Design by Bagriy & Company | Chicago, IL
  ▢ www.bagriycompany.com
  ✉ printbookru@gmail.com

Printed in the United States of America

Моей жене

Содержание

РАССКАЗЫ

ВСЁ МЕНЬШЕ И МЕНЬШЕ

Проходят годы—уходят люди. Нет больше рядом со мной многих родных и друзей, что ушли в Другой Мир. А есть ли он, этот Другой Мир? Большинство людей верят, что оно—это Потустороннее Царство—существует. Без этой мечты человечество давно бы погибло, люди уничтожили бы подобных себе, дабы захватить всё что можно и поскорее. Покуда я живу в этом мире и понятия не имею, когда придёт мой черёд исчезнуть с лица земли, я хочу взять всё, что успею. И вот тут мы вспоминаем о Боге, в каком бы виде он ни существовал. И дело не в том, что после кончины мы предстаём пред очи седовласого седобородого старца с посохом в руке, и он, зная всё о земных деяниях наших, определяет нам место в его Царстве, которое мы называем Другой Мир. Я бы назвал этот мир—Другое Измерение. Измерение это есть у каждого из нас; хотим мы этого или нет, мы не в силах избавиться от него. Оно живёт в нас с рождения и до смерти; оно нам и помогает, и мешает жить; оно заставляет нас совершать поступки великие и постыдные; оно, это измерение, толкает нас на любовь и ненависть, и называется это измерение—Память. Память мозга, память сердца, память души нашей. Когда человек теряет руку или ногу, он, опираясь на память, учится жить и работать по-другому, при этом оставаясь в том же измерении. Когда человек теряет память—он теряет жизнь.

Когда-то меня окружал сонм родных и друзей, а теперь их становится всё меньше и меньше: папа, мама и многие друзья уже перешли в Другое Измерение. Были времена, когда я обращался к этим людям за советом и получал живой ответ. Теперь же они обретаются только в моей памяти, и если мне нужен их совет, то я его получаю, но совет этот — это то, что, я думаю, они дали бы мне, ежели были бы живы… И я частенько ошибаюсь, принимая те или иные решения, но не смею винить дорогих мне людей, живущих в моей памяти. Я пытаюсь сделать всё, что могу, чтобы было им тепло и уютно в их новом пристанище — моей памяти. Ведь я не знаю, каково им будет после того, как я покину этот мир и перейду в Другое Измерение. Сам я перейду в память моего сына, а каково будет им, близким мне людям, в его Памяти — я не ведаю. Люди, обитающие в Измерении под названием Память, живут столько, сколько их помнят, а мир наш создан так, что даже память не вечна.

Нам Богом суждено движенье
Из часа в час, из года в год.
Победы, горечь поражений…
То жизненный круговорот.
Мы появляемся на свет
Из Измерения Любовь
Не зная, сколько зим и лет
По жилам будет мчаться кровь.
Мы жизнь проводим на бегу,
Порою из последних сил.
Частенько веруя врагу,
Что для тебя могилу рыл.
Остановиться не хотим,
К источнику на миг припав.

Куда-то рвёмся через дым
Мечты, сгорающей во прах.
Не слышим памяти совет
И голосов ушедших душ.
«Да» произносим вместо «Нет»,
Сорвать надеясь крупный куш.
Когда ж у финишной черты
Отчёт Всевышнему даёшь,
Из сокровенной полутьмы,
Что видел ты и только ты,
Себе же голову сечёшь.
Но милость Божья без предела:
Глаза в слезах, стоишь у тына,
Что окружает отчий дом
Родителей тобой любимых.
Ты в память сына водружён.

ДЕТСТВО МОЁ

Повесть не всегда о детстве

Моей сестре Марине

…Что-то уже стёрлось из памяти. Что-то добавлено. Некоторые имена и события изменены. Но дух детства моего остался таким, каким он был и есть…

Вступление

Детство моё затянулось на семьдесят лет. Я не шучу.
Даже сейчас, будучи «в возрасте», чувствую себя ребёнком. Нет, я не выживший из ума (надеюсь) старик — я всё ещё дитя. Мировосприятие моё и сейчас детское, в чём-то наивное. Слушая «дядей и тётей» по телевизору, которые объясняют мне, что имел в виду тот или иной политик, сказавший, что он собирается в субботу к тёще на блины, я думаю себе, что эти «дяди и тёти», которые никогда в жизни не работали в прямом смысле этого слова, считают меня ребёнком, который ещё мал и глуп и ничего не понимает. За это они поставят меня в угол, как когда-то делала мама за непослушание. Будь на то моя власть, я порол бы этих «дядей и тётей» на паперти каждую пятницу, дабы не повадно им было смущать моё «детское» восприятие жизни.

Я РОДИЛСЯ

Итак, я родился. Появился ваш слуга на свет в больнице города Краснотурьинска на Урале в декабре месяце. Как рассказывала моя бабушка, был крепкий мороз, и сильно снежило. Везли меня домой вечером на оленьей упряжке бабушка с мамой. На крутом повороте сани перевернулись, и я исчез. Точно знаю одно — пришельцы из космоса меня не крали. Нашёл меня каюр минут через пять неподалёку в сугробе. Бабуля сказала, что я даже не проснулся от этой передряги, а продолжал спать, упакованный в тёплый белый конверт. Очевидно, с этого момента проявилась моя первая и очень важная черта — умение спать. Это умение, одна из отличительных черт характера мужчин, особенно развита в моей семье.

Итак, я дома. Дед мой был заместителем директора по снабжению Краснотурьинского Алюминиевого Комбината в чине полковника-интенданта. Жили мы в семикомнатном доме. Обитателями этих хором были дед, бабушка, мама с папой, вор в законе Вася — моя нянька, волкодав Сенька и я. Колоритная семейка, скажу я вам. Жили мы, по тем временам, очень прилично. Двери в дом никогда не запирались благодаря присутствию Васи и Сеньки.

Каждый вечер, когда дед приходил с работы вместе с моим отцом, вся семья собиралась за столом обедать.

Моё место было на столе возле дедушки. Распелёнанный (в доме всегда было очень тепло) я кряхтел и сучил ручками и ножками, а дед гладил меня по животику и умилённо улыбался.

Однажды дедушка пришёл домой позже обычного. Все уже пообедали, а я спал себе в кроватке в спальне родителей. Мой верный страж свернулся калачиком рядом с моим ложем, честно неся службу. Сенька, огромный чёрный волкодав, был незлым хорошо воспитанным псом с большими добрыми глазами и пушистым хвостом. В тот вечер я мучился животиком, и мама напоила меня укропной водичкой. Успокоился я только после того, как наделал в подгузник. Сенька, моментально очнувшись от дрёмы — ему явно не очень понравился запах, взял меня зубами за ползунки, принёс в столовую и аккуратно положил на стол рядом с дедовой тарелкой с супом. Мама, сидевшая рядом, унесла меня в ванную, подмыла и распелёнанного вернула на моё место на столе около деда. Заместитель директора в это время ел суп, и я, недолго думая, дал струю, траектория которой угодила прямо в тарелку деда. Не моргнув глазом, товарищ полковник доел суп и нежно погладил меня. Звали моего деда Лёва. Теперь так зовут моего сына.

Я еду в Москву

В тысяча девятьсот сорок шестом году деда перевели на работу в Москву, и вся семья, за исключением Васи и Сеньки, последовала за ним. По приезде в столицу дедушка был немедленно арестован и посажен в Бутырку, а нам дали комнату с печкой в десять квадратных метров на четверых в старом деревянном доме в получасе ходьбы от тюрьмы. Бабушка и мама носили деду передачи и были уверенны, что это недоразумение скоро исправят и деда выпустят на свободу, но, увы, судебный процесс по делу полковника был недолог—пять дней, и приговор—двадцать лет лагерей с полной конфискацией имущества за хищение государственной собственности.

Дед мой всю жизнь проработал в торговле и в сфере снабжения, но никогда не воровал—он просто не умел и не хотел этого делать. В Краснотурьинске он получал паёк, в который входили папиросы «Казбек», огромная редкость по тем временам. Мой отец получал махорку и, будучи курящим человеком, просил деда отдать ему папиросы (товарищ начальник никогда не курил), на что дедушка отвечал:

—Ты не имеешь права на них, вот и кури свою махру.

Это не было жадностью—это был порядок, а папиросы полковник возвращал на склад.

Во время процесса адвокат потребовал перевода деда на скамью свидетелей, потому что состава преступления не существовало, но судья был неумолим. Полковник прекрасно знал, кто были настоящие преступники, но понимая, что если он назовёт их имена, то его всё равно посадят, а он поставит под удар свою семью, молчал. Дед взял всю вину на себя…

Через месяц он уже находился в лагере на Соловках, где, учитывая его превосходное знание русского языка, был назначен заведующим библиотекой. В середине лета и на Новый год бабушка получала от него открытки. Открытки эти были предметом моего обожания: они, как ёлочные игрушки, светились и переливались всеми цветами радуги. Особенно я любил смотреть на них зимними вечерами под треск поленьев в печке, рисуя в моём воображении только мне понятный сказочный мир. Удивительно, что всё, о чём я пишу, я знаю из рассказов бабушки и мамы, а вот эти открытки я помню в мельчайших деталях.

Дедушку своего я не помнил, и он представлялся мне совсем другим, нежели на старых фотографиях, где он был ещё очень молод. А вот бабушка была для меня самым любимым человеком. Она была моя Арина Родионовна. В этом же доме, который папа именовал «Вороньей Слободкой», в подвальной комнате жил мамин брат с женой. Но о нём я расскажу потом.

Я их не знал

Папиных родителей и сестёр я никогда не знал. Видел я их только на нескольких уцелевших старых фотографиях. Жили они в Риге. Папин отец был личным портным премьер-министра Латвии Ульманиса. Сохранилась фотография, на которой дед демонстрирует фрак, пошитый для главы государства. Он держит его на мизинце за вешалку, а фрак сидит как влитой на несуществующей фигуре. Семья деда жила в трёхэтажном каменном доме в полном достатке. В тысяча девятьсот сороковом году отец уехал в Советский Союз. Он хотел служить в Красной армии, но мой дед Нахман, зная о намерениях папы, написал письмо своему брату Михаилу в Узбекистан с просьбой не допустить этого. В нашем роду со времён испанской инквизиции никто не служил, я был первым, отслужив три с лишним года в рядах советской армии. Будучи членом правительства Узбекистана, брат деда выполнил его просьбу и отправил папу на Урал работать на алюминиевом комбинате, где работал тогда мой дед по маминой линии, Лёва, и волей судеб в тысяча девятьсот сорок третьем году папа встретил маму, и через два года на свет появился ваш верный слуга.

Судьба папиной семьи сложилась трагично. Ригу оккупировали фашисты, и всех моих родных должны были отправить в лагеря, но случилось чудо. Премьер Ульманис попросил коменданта Риги оставить его портного жить в его доме, соблюдая комендантский час, и эсэсовец согласился. Какое-то время всё было относительно спокойно, но однажды холодным осенним вечером сорок первого года папина старшая сестра, возвращаясь домой с работы, нарушила комендантский час. Она опоздала на пять минут и была задержана патрулём у входа в дом. Всю семью, включая младшего брата деда Иосифа, арестовали и отправили в гестапо. Это был конец. Комендант Риги в это время был в Берлине в ставке…

О судьбе своей семьи папа узнал лишь в тысяча девятьсот пятьдесят девятом году, когда его пригласили в Венгрию в город Вац на открытие памятника к сороковой годовщине революции тысяча девятьсот девятнадцатого года. Одним из лидеров повстанцев был брат моего деда Нахмана. Там-то отец и узнал, что его родители и сёстры погибли в концлагерях. Последней ушла из жизни моя бабушка Эмма. Было это в начале сорок пятого года.

Чудом спасся дядя Иосиф. В конце войны у нацистов не было времени методично уничтожать узников концлагерей. Заключённых вывозили на баржах в Рижский Залив Балтики, выстрелом пушки топили баржу, и сотни людей, находившихся на ней, гибли в морской пучине. На такой барже вывезли в море и Иосифа, но Бог распорядился иначе. Баржу, на которой находился папин дядя, отбило судно шведского Красного Креста, и Иосиф был спасён. Полгода шведы выхаживали бывших заключённых в специальных санаториях, и когда дядька встал на ноги, ему предложили принять шведское гражданство. Он вежливо отказался, чтобы вернуться в Латвию и найти свою жену и дочь. В Риге он узнал, что его семья погибла в сорок четвёртом году. Самого же Иосифа советская власть отправила на поселение в Курск (судьба тысяч так называемых перемещённых лиц), где через несколько лет он женился, и у него появилась дочь, огненно-рыжая, как и её отец. В семьдесят третьем году дядя Иосиф и дочь гостили у нас в Москве, и как-то в разговоре за обедом я сказал, что все немцы—убийцы, на что мой гость рассказал одну историю о себе.

Случилось это ранней весной сорок четвёртого года. Иосиф работал портным в одном из фашистских концлагерей. Как-то ночью, выполняя срочный заказ, он почувствовал, что он больше не может терпеть ужасов жизни в концлагере и, оставив горячий утюг на материале, ушёл в свой барак. Портняжная мастерская вспыхнула, как свечка. Сгорело всё—и манекены, и дорогой материал (Иосиф обшивал высший офицерский состав), и оборудование. Утром его пригнали к начальнику лагеря. Офицер выгнал всех из кабинета и приказал Иосифу сесть и внимательно его выслушать. Сухими словами, как нагайкой об сапог, полковник СС отчеканил, что с сегодняшнего дня его фамилия Кадаев, что по национальности он татарин, а не еврей (Иосиф был худым мужчиной со скуластым лицом), и что его переводят в другой концлагерь… Причину поступка эсэсовца он не знал, но сказал, что среди всех национальностей есть сволочи и добрые люди.

Этот урок я запомнил на всю жизнь, опять же почувствовав себя ребёнком.

Заканчивая историю семьи моего папы, хочу обратить ваше внимание на одну деталь. Дом, в котором жил мой дед с семьёй, как я уже отмечал, был большим трёхэтажным строением. Когда семью отца отправили в концлагерь, то дом этот фашисты превратили в бордель, повесив при входе красный фонарь. После освобождения Риги советской армией в этом доме поселился комендант города, а потом его превратили в райком партии… В восьмидесятом году перед отъездом из Советского Союза я с папой и женой посетил Ригу, и отец показал мне старую Синагогу, куда он ходил в детстве, она чудом уцелела. Уцелел и их старый дом, над входом которого всё ещё висел красный фонарь.

Седьмая Парковая улица

В тысяча девятьсот сорок девятом году отцу дали комнату в трёхкомнатной квартире нового двухэтажного дома, построенного пленными немцами. Дом этот, покрашенный в ядовито-жёлтый цвет, располагался на московской окраине в Измайлово. Городская черта проходила прямо за новостройкой, дальше было огромное картофельное поле, на котором уже давно никто ничего не выращивал, а за ним был Черкизовский лес. К слову сказать, в то же время отцу предложили вернуться в Ригу и поселиться в просторной четырёхкомнатной квартире, но семейный командир — мама — заявила, что не хочет жить в каком-то захолустье (Риге?!), и мы остались в столице нашей родины, в новом доме, где не было горячей воды, умывались на кухне, а еду готовили на керосинке — газа в доме тоже не было.

С момента переезда я уже отрывочно помню какие-то моменты нашего бытия. В самой большой комнате жила семья из пяти человек по фамилии Митины, в самой маленькой жила семья Цыпляевых: папа, мама и Наташка, и в средней по размеру комнате жили мы: папа Миля, мама Валя и я.

Двор наш был местом встречи жильцов и местом обсуждений проблем — от глобальных до соседских передряг. Главной достопримечательностью этого двора были бельевые верёвки. Чтобы пройти через них, надо было наклоняться до земли, избегая стиранных простыней, наволочек, рубашек, лифчиков, кальсон и всевозможной расцветки трусов — мужских и женских. Детей в нашем доме было много. Мы играли в прятки, салочки, холи-хало, чижик, городки, а потому производили очень много шума и частенько получали «по шее» от мам и бабушек, мужики в этих «репрессиях» участия не принимали — они были выше этого. Обычно мужчины сидели за столом в центре двора, забивая «козла», и кумекали, как бы незаметно сообразить «на троих». Ну а остаканившись, говорить они начинали много громче, виртуозно при этом матерясь, за что получали свою порцию «по шее» от жён и тёщ, но всё это было как-то беззлобно, по-семейному. Шёл пятый год, как кончилась война. Почти все мужики воевали. Многие вернулись с фронта хромыми, без руки или ноги. Все были добрее друг к другу. В те годы многое прощалось — пьянки, мат, лёгкий мордобой.

Как я уже заметил, детей моего возраста во дворе было много. Жили мы весело, с утра до вечера «пасясь» на воле, давая мамам возможность стирать, кухарить и ходить в продмаг. Папа возвращался домой с работы около семи вечера. В семь тридцать мы обедали. Для меня это была пытка — сидеть на стуле я должен был прямо, не класть локти на стол и кушать ножом и вилкой. Постигал я эту «науку» с великим трудом. Всё было бы ничего, если бы не одно обстоятельство: ел я только куриный бульон, хлеб, жаренную картошку и солёные огурцы, от всего остального меня рвало. Я ныл, что не хочу есть котлеты с макаронами, и, как следствие, бывал наказан и поставлен в угол, пока не соглашусь съесть хотя бы одну котлетку. Инквизиция! Я долго мучил эту проклятую котлету, после чего экзекуция заканчивалась, и время, оставшееся до девяти часов, слушал радио или рассматривал чертежи, которые папа приносил домой. Отец подрабатывал вечерами, делая технические переводы на русский с немецкого или латышского языка.

Вспоминается один эпизод. Тогда была в силе карточная система. Были мы в центре Москвы по делам, и мама зашла со мной в Елисеевский гастроном, там за наличные можно было купить множество всякой вкуснятины. Маме страшно захотелось съесть пирожное, было ей всего-то двадцать четыре года. Ну вот, стоим мы у окна, мама ест пирожное «картошка», а я уплетаю солёный огурец. Люди вокруг смотрят с укоризной и обсуждают современную молодёжь: сама, мол, пирожное жрёт, а ребёнку огурец солёный сунула в рот. Надеюсь, вы помните, что не ел я пирожных — мне слаще был этот любимый солёный огурчик.

Прошло много лет, и теперь пирожное «картошка» — моё самое любимое лакомство.

Детский сад

Двор наш был ограждён с трёх сторон домом, а с четвёртой стороны пленные немцы заканчивали строительство детского сада — красивого двухэтажного строения с огромными окнами, деревьями, посаженными вокруг, и красивой литой чугунной оградой. В пятидесятом году стройка закончилась, и почти вся малышня нашего двора была принята в младшую группу. В садике были просторные комнаты, много игрушек и добрые воспитательницы, но, как всегда, в моей жизни не обошлось без проблем. Первое — я был маменькиным сыночком, и невзирая на то что я мог проболтаться целый день во дворе, в саду я всё время хныкал и просился домой к маме. Второе — это была еда. Особенно манная каша, от которой меня тошнило. Ничего не помогало, даже тот факт, что в смежную группу ходила моя любовь, Зойка из пятого подъезда, я продолжал заливаться слезами и канючить, что хочу домой. Чтобы подкрепить своё желание не ходить в детский сад, я стал кушать котлеты и макароны, но только дома. Упорство моё было вознаграждено, и через год мучений меня забрали из постылого садика. Целыми днями я или слонялся во дворе, или лепил, когда родители покупали мне пластилин, или собирал всякие механизмы из конструктора. Это были лучшие годы моего детства. К слову сказать, когда я призвался в армию, где прослужил положенные мне три с лишним года, я быстро понял, что есть я должен всё, что дают, и уплетал манную кашу за обе щеки. После демобилизации зловредная манная каша была удалена из моего рациона. Меня и по сей день от неё тошнит.

ЧЕРКИЗОВСКИЙ ЛЕС

Уже в те далёкие годы я не любил спать один. Я любил спать с мамой (чем частенько огорчал отца) или бабушкой, но в основном спал со своим плюшевым мишкой, хотя больше всего хотел бы спать с Зойкой, просто спать рядом с ней. Даже в моём теперешнем детстве, когда жена уезжает на ночь присмотреть за внуками, я не могу спать один и обычно маюсь всю ночь напролёт.

С Черкизовским лесом и полем, что находились за нашим домом, связаны очень интересные воспоминания. Целой ватагой мы «ходили на поле», разводили костёр, пекли картошку да уплетали её за обе щёки — самая вкусная еда моего детства. Картошку, хлеб и соль мы таскали из дома (на поле этом картошки давно уже не было), но название «Картофельное поле» так и осталось.

Черкизовский лес — это совсем другая история. Со времён Великой отечественной войны там обреталась черкизовская банда: смесь ворья, бандитов и дезертиров из армии. Почти каждую неделю, как стемнеет, мы наблюдали через окна, как отряд конной милиции с винтовками и шашками направлялся по Седьмой Парковой улице мимо нашего дома в сторону страшного леса. Через два-три часа милиционеры возвращались с привязанными к лошадиным хвостам за руки пойманными бандитами. Конные милиционеры подгоняли бандюков, поддавая им плоской стороной шашки по спинам. Иногда слышалась стрельба, и потом мы видели телегу с укрытыми телами. После таких «мероприятий» я обычно долго не мог заснуть, вздрагивая от каждого шороха. Зато весь следующий день мы с ребятами обсуждали нашу героическую милицию и играли в войну или казаков-разбойников, где я всегда попадал в плен, «геройски» не называл пароль и просил ребят провести меня перед Зойкой со связанными за спиной руками.

В пятьдесят первом с черкизовской бандой было покончено раз и навсегда, но лично я продолжал «попадать в плен» и геройски дефилировать перед моей пассией со связанными за спиной руками, когда она играла в песочнице.

Сестра

Я не помню маму беременной. Сохранилось в памяти только то, что мама была худая, а потом вдруг стала толстая. И вот в марте тысяча девятьсот пятьдесят первого года в нашей двенадцатиметровой комнате появилась девочка с чёрными волосиками на головке, которая, как заводная кукла, крутила ручками и ножками и показывала язычок. Жильцы нашей квартиры сгрудились вокруг стола, на котором лежало это новорождённое существо, и умильно гугукали. Я был забыт всеми. Несколько позже отец, с его обычной педантичностью, объяснил мне, что эта маленькая девочка моя сестра и что зовут её Марина.

Наступил переломный момент моей жизни—я был отодвинут на задний план. Мой старый с вылезающими пружинами, но очень любимый диванчик, стоявший в уютном уголке нашей комнатки за шкафом, был выдворен на помойку. На его место встала новая кроватка для Маринки. Я же был изгнан из своего уголка, которому доверялись все тайны, сидевшие у меня в голове. С этого момента я должен был спать на раскладушке посередине комнаты у шкафа. Ложе моё было у всех на пути, всем мешало, за моё «лежбище» цеплялись ногами и чертыхались. Когда все засыпали, я укрывался одеялом с головой и тихо плакал. Мне было плохо. Я не был никому нужен. Мне хотелось умереть, чтобы хоть кто-то меня пожалел. В голову даже пришла страшная мысль: вернуться в детский сад и кушать всем назло манную кашу, но это было слишком, и однажды ночью я решил… повзрослеть. От этой мысли я немного успокоился и сразу заснул.

Как-то утром ещё до завтрака я уселся за стол пришивать моему любимому мишке оторванное ухо. Вчера мама сказала, что моего плюшевого друга пора выбросить, потому что из него сыплются опилки. От моего портняжного действа мишкино ухо свернулось трубочкой, но зато опилки больше не сыпались. Жизнь моего лучшего друга была спасена. Я с гордостью пристроил его на шифоньер и сел завтракать, делая всё это молча, по-мужски. За столом напротив меня, подперев голову руками, сидела мама. В глазах у неё были слёзы.

Цивилизация идёт

Осенью пятьдесят второго года моя соседка Наташка переехала со своими родителями на новую квартиру, и мы получили их комнату. Теперь у нас стало две комнаты: одна столовая, где спали мама с папой, и одна детская, где обитали мы с Маринкой. У меня появился собственный диван, на котором я спал, и это было просто замечательно. У окна, где раньше стояла родительская кровать, взгромоздился письменный стол, на котором папа делал свои переводы, а я играл в конструктор, лепил и чертил. Чертить я обожал. Отец разрешал мне пользоваться его карандашами, линейками и готовальней. Я находил интересующую меня фотографию трактора, экскаватора или башенного крана в книге «Строительные машины и механизмы» и перечерчивал её на лист бумаги. Закончив свои труды, я показывал их папе и, когда он одобрительно кивал, попыхивая трубкой, брался за конструктор и пытался собрать модель начерченной мной машины. Иногда получалось.

На ноябрьские праздники пятьдесят второго года снега ещё не было—на улице было прохладно и слякотно. У нас дома собралась компания друзей моих родителей отметить тридцать пятую годовщину Октябрьской революции. Я, предоставленный сам себе, пошёл погулять во двор. Около второго подъезда стоял трёхколёсный велосипед Валюны, моего дружка. Вокруг никого не было, и я решил покататься на этой замечательной машине. Надо сказать, что в это время, как говорила мама, на нас свалилась цивилизация. Весь двор был перекопан траншеями метра в полтора глубиной — прокладывали газовые трубы, что означало конец керосинкам и моим мучениям — стоянием в очереди за «вкусно» пахнущим керосином. Как я уже отметил, было слякотно, а значит скользко, чего я не учёл, проезжая около траншеи возле своего подъезда… Полёт мой с велосипедом был быстрым и безболезненным, правда, у велика погнулось переднее колесо. Мои попытки вылезти из траншеи по скользкой глине не увенчались успехом и я… заплакал. Плакать я был мастак, но это не помогло. Начинало темнеть. Я сидел на трубе на дне траншеи, промокший и грязный, и смотрел на небо, на котором появлялись звёзды. Из окна нашей комнаты слышались обрывки песен в исполнении слегка подвыпившей компании. Я был совершенно забыт. Мне стало страшно. С одной стороны по траншее двигались тени каких-то чудовищ, а с другой — белогвардейцы с винтовками. Тут я совсем испугался, надул в штаны и, как истинный мужчина… заснул. Проснулся я от света фонарика, слепившего мне глаза. На краю траншеи стояла Валюнина старшая сестра Майка и смеялась. Она вышла, чтобы занести домой велик, и, не увидев его, пошла искать. Таким образом, через час я уже сидел дома умытый, обогретый и… наказанный папой за то, что взял чужую вещь без спроса.

С газификацией нашего дома связана одна забавная история. К нам приехала погостить «на недельку» мама дедушки Лёвы Фейга — моя прабабушка. Затянулась эта «неделька» почти на четыре месяца, что представляло для меня большие неудобства. Спала бабушка на моём диване, а я снова переехал на раскладушку. Общаться со старушкой я не мог: она говорила только на идише, которого я не знал. Но самым большим неудобством был тот факт, что по пятницам с первой звездой Фейга зажигала субботние свечи, при этом долго читая молитвы. Свечи те горели до глубокой ночи, не давая мне заснуть. Каждую субботу я ходил сердитый и не выспавшийся, пытаясь придумать какую-нибудь пакость, дабы прекратить свои «мучения», но помощь пришла сама собой, откуда я её совсем не ждал. Бабуля всё время пыталась помочь маме по хозяйству. Частенько поздними вечерами, помогая ей выжимать бельё на кухне и вешать его на верёвки, говоря при этом на ломанном русском: «Иди полягай с Миллером» (папу звали по-русски Миля, а она думала—Миллер). К слову сказать, отец мой любил голубцы в банках. Однажды он поставил банку голубцов в кастрюлю с кипящей водой на зажжённую газовую конфорку и забыл про неё, занимаясь очередным переводом. Старушенция, взобравшись в это время на табуретку посередине кухни, развешивала мокрое бельё. И вдруг раздался взрыв… Папа, я и сосед дядя Гриша прибежали на кухню и застали такую картину: прабабушка сидела на полу вся в голубцах с вылезшими на лоб глазами и, указывая на папу, твердила только одну фразу: «Она хотела мене убить…»

К нам в гости старушка больше не приезжала, и я виделся с ней ещё несколько раз у неё в доме по возвращении дедушки Лёвы из заключения.

Политические прогнозы

Валюна, Мишка, Борька и Сашок—это мои друзья. Жили мы в одном дворе. Играли, ссорились, дрались и мирились чуть ли не каждый день. А вот если на кого-то из нас «тянули» ребята с другого двора, то мы стояли друг за друга стеной. Даже в драках мы относились друг к другу с уважением: одежду старались не рвать, ни палок, ни ножей не использовать (хотя в те времена каждый из нас носил в кармане перочинный ножик), и, самое главное, дрались мы только до «первой кровянки», после этого стоп! Дёргали мизинец за мизинец произнося: «Мирись, мирись, мирись и больше не дерись, а если будешь драться, то я буду кусаться!» После этого—мир. Это был придуманный нами закон, и вскоре его подхватили и старшие, и младшие пацаны нашего дома. Время было тяжёлое, послевоенное, но честное.

Большим развлечением был приход старьёвщика. Мы волокли ему всякие рваные шмотки и рухлядь и меняли этот хлам на свистульки, петушков из жжёного сахара или что-то ещё из «богатств», хранившихся в сундучке старьёвщика на телеге, запряжённой старой лошадкой. «Богатства» эти принадлежали нам всем, и пользовались мы ими по очереди.

Валюна, Мишка и я собирали марки, монеты и всякую ерунду, которой менялись друг с другом. Дело это вызывало много споров, слёз и даже ссор, а потому мы переключились на игру в шахматы и шашки. Мы даже записались в шахматный кружок в Клубе строителей, окрещённый нами «Клоповник». В первом же турнире я выиграл все десять партий, и наш руководитель международный гроссмейстер на протезе Сало Флор посоветовал мне серьёзно заняться этим делом. Я был горд, получив сразу четвёртый разряд. Увы, даже в том возрасте меня больше интересовали девочки, и через несколько месяцев я бросил шахматную школу, но ещё долго после этого увлекался решением шахматных задач.

Сашок любил рисовать и вечно пах масляными красками. Борька хотел быть почтальоном, как его мама тётя Даша, которой мы помогали, таская тяжёлую «письменную» сумку, но так им и не стал. А я всё больше и больше искал общения с Зойкой и Галкой из третьего подъезда по кличке «Ёжик».

Хорошо помню серый мартовский день пятьдесят третьего. По радио объявили, что умер Сталин. Жизнь остановилась. Мама и соседки тётя Шура и Ифтевна плакали. Двор и улицы, прилегавшие к нашему дому, были пустынны. Изредка проезжал автобус. Создавалось такое впечатление, что время остановилось.

Спустя пару дней наша пятёрка собралась возле большой лужи, где мы пускали кораблики, сделанные из коры деревьев и спичек. На повестке дня было два очень важных вопроса. Первый — каким образом линкор может поместиться в море, ведь он такой огромный. Решения этому вопросу мы так и не нашли. Второй вопрос мы решили моментально и единогласно. Был он в том, кто заменит товарища Сталина на его посту. У нас не было ни капли сомнений: или Ворошилов, или Будённый!

Судьбы нашей пятёрки сложились по-разному. Валентин Иванов стал физиком, но спился и, как мне сказали, умер в довольно молодом возрасте. Михаил Щербаков закончил ремесленное училище и всю жизнь проработал автомехаником. Александр Носаль закончил художественную школу, но больших успехов на этом поприще не достиг. Борис Дзябренко всю жизнь проработал там, где хотел: в морге, странно, но факт. Я же стал инженером и в тысяча девятьсот восемьдесят первом году покинул Советский Союз и уехал в Америку.

МОЙ ЛЕКСИКОН

Семью мою можно назвать интеллигентной. В молодости я часто спорил с подругой моей жены Сусанной, которая пыталась меня убедить в том, что интеллигентом можно считать только человека с высшим образованием. Я задавал вопрос: как насчёт Горького? На этом спор обычно кончался, но ненадолго. Так вот, о моей семье. Мама моя закончила десятилетку и всё, но так много читала, что знала русский язык и литературу много лучше людей с высшим образованием. Папа закончил институт, говорил на четырёх языках и прилично разбирался в политике. Марина знала только «агу» и как наделать в подгузник, а я… Ну, что же, давайте поговорим обо мне. Читать я не любил. В книжках меня интересовали только картинки, всё остальное «прописью» была пустая трата времени. Кино — вот это да! Особенно «Смелые люди» и, конечно же, «Чапаев». Память у меня была отменная, и я помнил все любимые фильмы наизусть: «Корабли штурмуют бастионы», «Матрос Чижик» и ещё кучу фильмов про войну. Нелюбовь к чтению привела к тому, что русский язык со всеми его правилами давался мне с трудом, зато «матерный» я освоил быстро и владел им почти в совершенстве. Как я уже писал, в центре нашего двора стояли стол и две скамейки. За столом этим мужики забивали «козла» или резались в карты, а я, освобождённый от детсада, имея много свободного времени, стоял около игроков и вслушивался в витиеватые «рулады с матерком». Точного значения многих слов я не знал, но по жестам, сопровождавшим изящную словесность, догадывался, о чём идёт речь и какой «орган» правильнее будет упомянуть в обсуждаемом контексте. Почти все неприличные слова были звонкими и яркими, как вспышка магния, а потому запоминались в момент. Я никогда не слышал этих слов дома и потому гордился, что знаю то, чего не знают папа и мама. Говорить на «матерном» языке я начал целыми фразами. Выглядело это примерно так: я выходил во двор, подходил к песочнице, где возилась группа девочек, лепя куличики или, к примеру, Зойка копала ямку и делала «секрет». Осмотревшись, я выдавал тираду отборной брани, обращаясь к Зойке не иначе, как:

— Эй, ты, п…да!

Девчонкам это было явно не по душе, и они бежали ко мне домой и сообщали тёте Вале (моей маме), что Борька опять матом ругается. Мама тут же загоняла меня домой, давала шлепок по заду и запирала в комнате на полчаса. Я смотрел в окно на игравших там во дворе моих «врагов» и готовил месть. В конце концов меня выпускали из «мест заключения». Я выходил на свободу, делал пару кругов вокруг газона, подходил к Зойке и, чтобы она поняла, кто здесь мужик, произносил отчётливо:

— А ты всё равно п…да!

После этого я убегал за дом и прятался в кустах, чтобы мама не могла меня найти. В эти минуты я был горд, что отстоял свои мужские права, объяснив Зойке анатомическую правду…

Было мне лет семнадцать, когда произошёл случай, круто повернувший мою судьбу. Как-то в разговоре с Люсей, моей знакомой, я упомянул, что мой отец свободно говорит на четырёх языках, на что Люся сказала:

— Твой папа полиглот.

Слова этого я не знал и ответил:

— Нет, он польский еврей.

Люська смеялась до слёз, а мне стало так стыдно за свою безграмотность, как никогда ещё не было.

С тех пор я начал читать, читать взахлёб, открыв для себя чудный необыкновенный мир — мир слов.

Мои школы

В сентябре пятьдесят третьего года я пошёл в школу. Первая моя школа называлась «437-я мужская школа Первомайского района города Москвы». Даже трудно представить, что я начал учиться в ту далёкую пору, когда мальчики и девочки учились раздельно. Ходьбы до «храма наук» было полчаса, автобус и трамвай ходили в другом направлении, и маме приходилось водить меня в школу и встречать после уроков каждый день недели, кроме воскресенья. Для меня это были прогулки, а для мамы — большая потеря времени. Ходили мы и в дождь, и в снег, и в жару, и в мороз. Ходили мы не потому, что у меня была огромная тяга к знаниям, а потому, что обучение в школе было обязательным для всех детей.

Уже в первом классе роста я был высокого, а посему посажен был на предпоследнюю парту с мальчиком по фамилии Майоров — он был переростком и учился в первом классе третий год. На последней парте за нами сидели два парня — Генералов и Адмиралов. Оба они, как и мой сосед, были третьегодниками и были повыше меня ростом. Я всегда попадал в «хорошенькие» компании, как говаривала моя мама.

Учиться мне было интересно только по арифметике. Чтение, правописание и чистописание меня не интересовали вовсе. Особенная «напряжёнка» была с чистописанием. Пользовались мы тогда ручками с перьями (в Ленинграде их называли «вставочки»). Ученики первых классов обязательно должны были писать пером номер одиннадцать. Если соблюдать правильный наклон и нажим пера, то буквы получались очень красивые. Дома этим предметом со мной занимался папа. Почерк у отца был каллиграфический. Я же безбожно жал на перо, буквы при этом получались толстые и какие-то кривые. И ещё я кругом сажал кляксы.

Должен заметить, что за всю свою жизнь отец ни разу не тронул меня пальцем, а честно говоря, надо было. Пятого сентября в папин день рождения я принёс из школы кол по чистописанию. Отец поблагодарил меня за чудесный подарок и только взмахнул рукой, чтобы дать мне пощёчину, как я тут же упал, а в дверях комнаты появилась мама. Она сделала строгий выговор папе за то, что он бьёт ребёнка, дала мне подзатыльник и усадила делать домашнее задание.

Первый класс я закончил на все четвёрки и был переведён во второй, но уже в другую школу, которая была в пятнадцати минутах ходьбы от дома. То, что школа эта была ближе, было очень удобно, но вот то, что это был первый год совместного обучения мальчиков и девочек и что меня перевели в «девчачью» школу, было очень плохо. Успеваемость моя и моих друзей резко упала. Во втором и третьем классах я учился так себе. А вот с четвёртым классом, последним классом начальной школы, у меня связаны очень тёплые воспоминания. Учебный год я начал в новой 419-й школе, расположенной через дорогу от моего дома. Построена она была по новому проекту, имела просторные классы, большой спортзал и огромную спортивную площадку во дворе. Учиться я стал намного лучше и окончил четвёртый класс на отлично. За примерную успеваемость несколько учеников школы получили пригласительные билеты на Новогоднюю ёлку в Кремль. В числе этих счастливчиков были Зойка и я. Даже сейчас я помню почти в деталях и ёлку, и сам праздник, и бал в Большом Кремлёвском дворце, и Большой зал заседаний, куда часовые разрешили Зойке и мне заглянуть. Я был так возбуждён всем происходящим, что где-то потерял свой подарок. Был это очень красивый жестяной баул, весь украшенный цветными картинками с дверкой на замочке. Внутри этого сказочного ларца было много вкусного печенья и шоколадных конфет.

Домой я вернулся необычайно расстроенный со слезами на глазах. Позже пришла Зойка и принесла мне часть своих конфет и печенья, что, конечно же, было очень приятно. Но вот этот замечательный баул я не могу забыть и по сей день.

Доморощенный Пржевальский

Один из моих любимых героев детства — это Пржевальский. Посмотрев фильм об этом человеке раз десять, я впитал в себя романтику гор, леса, костра. До сих пор обожаю смотреть на восходы и закаты солнца, на звёздное небо и мечтать, как тот мальчишка лет десяти.

Мои путешествия начались с походов на поле за домом, в школу по разным улицам, от раза к разу меняя маршруты, на Оленьи горы, на речку Серебрянку. Первыми моими «исследовательскими» работами были подвал и чердак нашего дома. Поводом для похода в подвал послужил «правдивый» рассказ Жени Дорыдановой, пьяницы и гулёны, жившей в квартире над нами. Она сообщила Валюне, когда была в довольно поддатом состоянии, что, сидя во дворе в полночь, услышала сильный шум из подвала и, якобы, спустилась туда, чтобы разобраться, кто там спрятался, но увидав какое-то страшило, сильно испугалась и убежала к себе в комнату. Там она продрожала до утра, а потом купила «пузырь», выпила и только тогда успокоилась. Сам я дрожал, как осиновый лист, только от этого рассказа. Через пару дней я спросил Валюну, не хочет ли он сходить в подвал и разобраться, что к чему. Дружок мой повертел пальцем у виска и заявил, что я псих. Прошла примерно неделя, и Валюна с Мишкой отвели меня за дом и прошептали в два голоса, как заговорщики:

—Слушай, Борька, давай лучше сходим разведаем чердак—там светлее.

Я согласился, и экспедиция была назначена на послезавтра. На следующий день вечером мы проверили походное оснащение: фонарики, ножи, флягу с водой, молоток и маленькую ножовку. Всё было на месте, но тут Мишка мудро заметил, что нужен ключ от замка, чтобы открыть лаз в потолке подъезда на втором этаже. Это была проблема. Ключ хранился в домоуправлении, и нам его никто не даст. Но, как говорится, «голь на выдумки хитра», и мы нашли треугольную железку, которой можно было оторвать замочную петлю. Довольные собой, мы разошлись по домам.

В условленное время по одному, чтобы не обращать на себя особого внимания, мы поднялись на второй этаж. Открывать люк на чердак, как самому длинному, поручили мне. Я влез по лестнице, привинченной к стене, посмотрел на огромный замок и понял, что треугольной железкой петлю не оторвать. Все наши планы шли прахом. Сообщив пацанам, что дело швах, я в сердцах ударил по замку железкой, и—о чудо!—замок открылся, вероятно, он не был заперт. Мы по-быстрому забрались на чердак и закрыли лаз, оставив замок висеть в петле.

Первым делом мы поделили на три части бутерброд с маслом и сахарным песком (большое лакомство тех лет), который принёс Мишка, и умяли его. Осмотревшись, увидали, что чердак представлял из себя открытое пространство, в котором было множество стропил и укосин, державших двускатную крышу. Через слуховые окна, расположенные через каждые метров десять, пробивался дневной свет. Пол был усеян всяким мусором. Недалеко от люка под первым слуховым окном стоял стул и табурет. На столе стояли две пустые бутылки из-под портвейна, стаканы и пепельница, полная окурков. Чуть в стороне лежал изодранный матрас и рваные промасленные телогрейки. Я уже видел такую «обстановку» в кинофильме про бандитов, и у меня по спине побежали мурашки…

Два часа мы обшаривали чердак, но не нашли ничего, кроме хлама и ободранного кошачьего хвоста. Разочарованию нашему не было предела. Мы не нашли ни пятен крови, ни стрелянных гильз. На улице начинало темнеть, и мы понуро потянулись к люку на лестничную клетку, но не тут-то было. Из лаза отчётливо доносился какой-то шум. Мы притаились за стропилом и затихли. В отверстии лаза появились головы дворника и Женьки Дорыдановой. Они потихоньку влезли на чердак и прикрыли вход. Осмотревшись, парочка уселась на матрас. Дворник достал початую бутылку водки и плавленый сырок и аккуратно разлил «зелье» по стаканам. Они выпили, занюхали сырком и закурили, молча глядя в крышу. Прошло около часа. Вдруг дворник схватил Женьку за грудь. Она ругнулась, оттолкнув его, и вдруг сама упала на матрас плашмя и захрапела. Мужик попытался её расшевелить, но всё было без толку. Она только грубо материлась со сна и ещё сильнее храпела. Он же заткнул бутылку с оставшейся водкой бумажной пробкой, положил её во внутренний карман пиджака и полез в люк.

Мы подождали, пока не увидели его во дворе, и тихо спустились на пол второго этажа через лаз. На улице было темно. Заявившись домой в столь поздний час да ещё весь перепачканный, я, конечно же, был наказан — лишён послеобеденного гулянья на неделю. Все великие люди страдали за свои поступки.

Подвал

Отбыв «срок заключения», я встретился с ребятами, и мы принялись за разработку плана «Подвал». Проанализировав наши чердачные приключения, мы пришли к выводу, что не так страшен чёрт, как его малюют. Вот только одна проблема: в подвале не везде есть свет. Опять эти противные мурашки по спине! Каждый из нас боялся этого путешествия в одиночку, но друг перед другом мы строили из себя героев. Первый раз в жизни я почувствовал, что обязан сделать то, чего очень боюсь, но отступать было нельзя—в моём понимании я становился мужчиной.

В субботу в четыре часа пополудни мы осторожно спустились в подвал по лестнице в моём подъезде. Волосы на голове шевелились сами по себе, а мурашки стали совершенно неуправляемыми. Ну и, конечно же, живот завязался в узел и никак не хотел развязываться. Тем не менее я шёл вперёд на ватных ногах и скрипел зубами. Страх, да и только! При свете тусклой лампочки мы прошли по коридору метров тридцать и… упёрлись в стену. Стена эта была глухая и разделяла дом на две части. Мы пошли обратно, обследуя по дороге маленькие комнатушки, заполненные разным хламом, но всё впустую—ничего интересного. Не доходя метров пяти до лестницы на улицу, мы услышали приглушённые мужские голоса и шаги. Умирая от страха, мы спрятались за выступ стены и увидели, как две тёмные фигуры скользнули по коридору и исчезли в одной из комнатушек, через несколько минут мы услышали металлический скрежет и хлопок, очень похожий на выстрел. Недолго думая, мы помчались к выходу и, задыхаясь от страха, выскочили во двор. Возле помойки, на наше счастье, стоял участковый милиционер капитан Попов и отчитывал дворника за неубранный мусор. Дворник по кличке Мордва, как всегда, был пьян и, покачиваясь на кривых ногах, пытался понять, чего от него хотят. Мы налетели на Попова и, размахивая руками, орали во всё горло, что в подвале один бандит убивает другого. Мы, мол, слышали стрельбу и шум борьбы. Насочиняли мы с испугу с три короба. Участковый внимательно нас выслушал, поправил кобуру и в сопровождении дворника пошёл к моему подъезду. В течение одной минуты двор был полон жильцов. Валюна, Мишка и я «геройски» тряслись от страха, но к подъезду подойти боялись. Капитан приказал всем замолчать и стал медленно спускаться в подвал, держа наготове пистолет ТТ. Осторожно ступая, он шёл вниз по лестнице, потом повернул налево в сторону шума, доносившегося из глубины подвала, и исчез из виду… Прошло минуты три-четыре, и из подвала появился мой сосед со второго этажа Алька, а за ним вместе с участковым во двор вышел… мой папа. От неожиданности я сделал шаг назад и, зацепившись за ограду, шлёпнулся на газон, потянув за собой Мишку и Валюну. Папа держал в руках сверло, Алик — молоток, а Попов — пистолет. Все трое хохотали до слёз, сгибаясь до земли.

Незадачливые сыщики разошлись по домам, понурив головы. На следующий день в воскресенье на стене дома у ворот в детский сад красовался баскетбольный щит с кольцом и сеткой, предмет гордости нашего двора. По выходным мой папа и Алька мастерили эту штуковину в подарок ребятам.

На очередной сходке мы решили перенести наши исследования подальше от двора. Прошло несколько месяцев, покуда обитатели нашего дома перестали над нами посмеиваться и называть «пинкертонами».

Петровский ботик

Примерно в часе ходьбы от моего дома располагалась старая церковь — теперь склад. Церковь эта стояла на излучине реки Серебрянки, где в конце семнадцатого века находился большой пруд, на котором Пётр Первый построил свой потешный флот, а чуть дальше находилась Немецкая Слобода. Место это было избранно нами для ежедневных путешествий во время летних каникул. Я надеюсь, вы понимаете, что не исторические ценности влекли нас в эти места. Первое — это возможность купаться и загорать без родительского надзора и смотреть на «почти голых» взрослых женщин. Вторая достопримечательность — это парашютная вышка. А самое главное — мы могли исследовать старый стадион!

Там, на Серебрянке, я совершил свой первый самостоятельный заплыв в самом узком месте речки. Проплыть надо было всего три метра, но это были мои три метра, я плыл сам, не касаясь дна руками, как я делал это раньше, и гордость пёрла из меня, как пар из кипящего на огне чайника. Ещё одной моей «победой» была парашютная вышка. Почему моей? Да потому, что я был выше моих друзей на голову и говорил, что мне десять лет. Меня пускали на вышку, а Валюнчика и Мишку нет, хотя они были старше меня на несколько месяцев. Прыжок с вышки стоил пятьдесят копеек, а мама давала мне рубль, чтобы я мог купить себе язычок или булочку. Так что я ходил весь день голодный, но гордый на зависть моим друзьям и девчонкам, перед которыми я жутко воображал, прыгая с парашютом два раза в день. Самым страшным был первый прыжок, но потом было ни с чем не сравнимое ощущение свободного полёта, когда я видел землю с рекой, домами, дорогами и машинами из-под парашютного купола. Ребят я заставил забожиться, что они никому не расскажут о моих прыжках, чтобы мама не запретила мне ходить на речку. Они никому не сказали. Много лет спустя мама поведала мне, что она всё знала и даже однажды тайно сходила на Серебрянку посмотреть на мой «секрет». Моя чудная мудрая мама.

В конце тридцатых годов в том районе начали строительство огромного стадиона—в этом месте должны были располагаться «Лужники», но помешала война. Всё, что успели построить, это подземные сооружения и часть коммуникаций в тоннелях. Так вот наше «главное» путешествие—это был поход в подземные галереи этого стадиона. В некоторых из них в это время располагались гаражи, но основная часть помещений пустовала. Самая «скромная и правдивая» легенда гласила, что там живут скелеты. Всё остальное было из области фантастики. Ребята, видавшие те скелеты, предупреждали, что они светятся, если на них направить луч фонарика.

В этот раз, используя опыт «исследовательской работы», уже проделанной нами, мы нарисовали карту исследования подземелья, разбив её на квадраты, с графиком походов. Исследования проводились нами два раза в неделю по утрам (так было не очень страшно). К концу лета, к нашему великому сожалению, мы не нашли ничего интересного, но заработали по паре синяков и порезов от битого стекла, разбросанного по полу пустых помещений. Наш последний поход должен был быть самым отчаянным. Мы вычислили, что скелеты живут где-то в последнем квадрате, но где? Порешили зайти в один из гаражей только с бокового входа, это был единственный путь, которым никто не пользовался. Рабочие и шофера заходили с главного входа. Мы покрутились у ворот гаража, пообщались с механиком Витькой по кличке Хохмач, который якобы видел эти скелеты, и тихо смылись. Витёк ухмыльнулся, подмигнул нам и пошёл на своё рабочее место, а мы, проскользнув за сломанный самосвал, побежали к боковому входу. Было у нас три фонарика, один из них «жучок», гордость Валюны. Мы вошли в боковую дверь, подсвечивая одним лучом под ноги, чтобы не оступиться. Пол был чист, без битого стекла. Сильно пахло мазутом. На расстоянии метров десяти от нас высветилась стенка, но она почему-то слегка колыхалась…

Валюна врубил свой «жучок» и… о боже! Перед нами на стене колыхались два зелёных скелета. От страха мы остолбенели. Бежать? Куда? Вдруг мы услышали Витькин голос:

— Ну что, следопыты, нашли всё, что искали?

Мне показалось, что я обмочился. Загорелся свет, и скелеты исчезли.

Всё оказалось очень просто — чтобы никто не лазил в гаражи с бокового входа, Витька нарисовал двух скелетов фосфорной краской на куске рванного брезента и подвесил к потолку…

На этом наши походы прекратились, но ещё много лет мы с ребятами со смехом, а иногда и с мурашками на спине, вспоминали наши приключения — золотую пору нашего детства.

Венгрия и всё такое

По-моему, Ленин когда-то сказал, что революция не может быть предметом экспорта. Кремлёвская верхушка позволила себе не согласиться с вождём и потопила в крови восстание венгров против насаждаемого СССР социалистического строя. Но это так, историческая справка. А вот главное то, что старший брат Мишки танкист капитан Щербаков вернулся домой из Венгрии с новеньким орденом на груди, который он разрешил нам потрогать. Вот это да! А что касается мадьяров, пусть живут и строят социализм, как приказали дяди из Кремля. Мишка ходил петухом, а мы с Валюной переживали, что у нас нет братьев, а только сёстры. Кстати, у Мишки было девять братьев и сестёр, а мама его была мать-героиня. Много лет спустя я узнал, что Мишина мама имела столько детей потому, что была человеком глубоко верующим и не могла делать аборты. Ну а тогда мы считали её геройской женщиной.

Примерно в то же время в Москве проходил Международный фестиваль молодёжи и студентов. Тысячи молодых людей съехались в нашу столицу, чтобы рассказать друг другу о своих странах, поделиться успехами и просто пообщаться. Общений всякого рода было много, и примерно через год на улицах Москвы и других городов Советского Союза появилось множество детей жёлтого, красного и чёрного цвета. Помню ещё, что за особенно «близкие знакомства» многие женщины были побриты наголо сотрудниками МГБ.

…От нашего дома к школе шёл негр с трубкой в белых зубах и улыбался. За ним бежала и улюлюкала орава ребятишек. Одет он был в ковбойку и белые брюки, которые были ему слегка великоваты. Он вошёл в школу, поднялся на пятый этаж в актовый зал и примерно через час вышел оттуда с призом за лучший маскарадный костюм и пошёл обратно к нашему дому, где исчез в подъезде, в котором жил я.

Объясняю. Мой папа придумал этот карнавальный костюм, дав мне свою рубаху, брюки и трубку. Да, ещё он надел мне на голову свою соломенную шляпу. Лицо, руки и шею он покрасил чёрной акварельной краской, а когда она высохла, мне было очень трудно двигать руками и улыбаться. Краска эта дёргала за волосики на коже и причиняла боль, но искусство требует жертв, и я терпел. Чего не сделаешь ради награды. Даже после того, как я смыл краску, кожа зудела ещё с неделю. Но игра стоила свеч — пару месяцев я был предметом внимания ребят нашего района.

Мама почти всегда хлопотала по хозяйству, папа много работал, а всё свободное время уделял моей маленькой сестрёнке так, что я был предоставлен сам себе. Это, конечно же, хорошо, когда тебя «воспитывают» только изредка, но порой бывало очень грустно, что ты никому не нужен. Однажды в воскресенье утром папа сказал, чтобы я надел приличную одежду, мы, мол, куда-то поедем. Это «куда-то» я запомнил на всю жизнь. Поехали мы в центр Москвы на Площадь Свердлова. Всё утро мы гуляли вокруг Кремля, потом сходили в кино и долго рассматривали американские автомобили, стоявшие у гостиницы «Метрополь». Огромные эти машины переливались и сверкали в лучах солнца, как какие-то космические аппараты—пришельцы из другого мира, с других планет из научно-фантастических рассказов.

Было около двух часов, когда папа предложил зайти в уличное кафе, покрытое натянутым тентом, пообедать. Мы уселись за столик, и папа заказал себе солянку с сосисками. Это блюдо я не переваривал на дух, но почему-то я сказал, что буду есть тоже самое. Папа удивился, но промолчал. Съел я тогда две порции, и с тех пор это одно из моих любимых лакомств. Прошло много лет, а я и по сей день помню вкус той солянки с сосисками.

Катание на Зойкином велике

Я был влюблён в Зойку ещё с дошкольного возраста и не обращал внимания на то, что она на год старше меня. Для настоящего мужчины возраст женщины не играет никакой роли. Это была невысокая девочка со складной фигуркой, курносым носиком и с голубыми слегка на выкате глазами. Когда она выходила во двор, я был готов на всё, только бы Зойка обратила на меня внимание. Я мог залезть по уши в снежный сугроб, или изваляться в глубокой луже, или с кем-то подраться, чтобы она только видела, как геройски я сражаюсь. Когда мы играли в войну, я обязательно должен был попасть в плен и пройти мимо неё с завязанными за спиной руками, но геройски молчать и не назвать «врагам» пароль. Она же в это время всё больше играла в куличики и не обращала на меня никакого внимания. Зойкин папа был большой начальник, и жили они в трёхкомнатной квартире. Это была первая семья в нашем доме, у кого появился телек КВН-49. Зойка и её старший брат Витя иногда приглашали меня «на телевизор» — это было необыкновенное зрелище, особенно, если показывали кинофильм «Чапаев» или «Застава в горах».

Жили мы бедно и очень часто в долг. Моей мечтой был двухколёсный велосипед, и я обнаглел до того, что каждый день перед школой (учился я во вторую смену) заходил к Черниным и просил у тёти Ривы, Зойкиной мамы, разрешения покататься на велосипеде. Добрая душа Ревека Абрамовна говорила:

— Ну конечно.

И я садился на женский велосипед (о, позор!) и гонял вокруг двора минут двадцать. Потом протирал двухколёсное чудо от пыли, отвозил домой к Черниным и мчался в школу, чтобы не опоздать на первый урок.

Однажды счастье подмигнуло и мне. В декабре на мой день рождения папа подарил мне настоящую клюшку для хоккея с мячом. Я любил стоять на воротах и с этой замечательной клюшкой был почти непробиваем. Наша команда выигрывала почти все матчи у ребят из соседних дворов. Даже когда я ложился спать, клюшка эта лежала рядом с моим диваном. Но случилось непредвиденное. Как-то вечером я играл во дворе один, когда меня окружила группа дворцовских парней. Мы называли их дворцовскими потому, что ворота в их двор были похожи на ворота во дворец. Один из них дал мне по носу, я упал в сугроб, и он, схватив мою клюшку, убежал, а вслед за ним и его друзья. Мне было больно и очень жалко себя. От бессилия я заплакал и побрёл домой. Мама остановила мне кровь, капавшую из носа, а папа, ничего не сказав, принялся читать «Вечёрку». Я сел за уроки и с горя заснул прямо за письменным столом. Вечером следующего дня, узнав о моём приключении, Витька Чернин собрал человек двадцать ребят, и мы пошли «выяснять отношения» с дворцовскими. Стычка была короткой — пара фингалов под глазами и одна кровянка. С пятерых дворцовских парней были сняты пальто и ушанки. Побеждённые были отправлены по домам за клюшкой, а мы уселись на ворох одежды и стали ждать. Минут через двадцать из подъезда появились пацаны, одного из которых вёл за ухо его старший брат. Он подошёл к нам и заявил, что клюшка будет доставлена ко мне домой до девяти часов вечера. Мы встали и ни слова не говоря пошли к себе во двор. Я пришёл домой и молча сел за уроки. В девять пятнадцать раздался звонок в дверь. Потом в комнату вошёл папа и поставил в угол мою клюшку. После этого эпизода никто никогда не приставал к ребятам из нашего двора.

Новый год мои родители, как всегда, праздновали в складчину у Черниных, и после застолья Зойка предложила пойти ко мне посмотреть телевизор, к тому времени у нас был свой новенький КВН-49 с линзой. Мы пошли, захватив с собой лимонад и сладости. До двух часов ночи мы просидели у стола, глядя на экран телика. Зойка была в коротенькой юбочке и кофточке с расстёгнутыми верхними пуговками. В разрезе кофты виднелась довольно большая для её возраста грудь. Я, как болван, молчал и изредка поглядывал на это прелестное зрелище, чувствуя, что Зойка хочет, чтобы я подошёл, обнял и поцеловал её. Но я этого не сделал. А если бы сделал, то жизнь моя могла бы сложиться совершенно иначе.

1957-й

Этот год, прямо скажем, начался неудачно. Дедушка Лёва (мамин папа) подарил нам пианино «Лира». Как водится в еврейских семьях, почти у каждого члена клана обычно было несколько имён. Вот например: папа — Эмиль Наумович или Рахмиэль Нахманович; бабушка (мамина мама) — Анна Наумовна, Нюра, Кика; дедушка (мамин папа) — Лёва, Лев Аронович, Арон Меерович, Ари Лейб; мама — просто Валя или Валентина Львовна. Для меня они всю жизнь оставались папа, мама, бабушка и дедушка. Вот пишу эти строки, а душу наполняет удивительно тёплое чувство любви и нежности.

Ну так вот, пианино. Родители решили, что я удивительно талантлив и обязательно стану пианистом-виртуозом. По этому поводу меня немедленно записали в школьный кружок по фортепиано. Два раза в неделю по сорок пять минут я покорял азы нотной азбуки и играл гаммы. Учитель мой был мужчина лет пятидесяти. Всегда хорошо одет и гладко выбрит, он сидел слева от меня, положив ногу на ногу, и со скучным видом сосал леденцы из жестяной коробочки. Отбивая пальцами ритм, он страшно морщился, когда я фальшивил. Дома, в дополнение к моим школьным мучениям, я должен был заниматься музыкой по часу в день, когда мои сверстники гоняли во дворе мяч. Замечу, что это не добавило любви к моим музыкальным потугам. Члены музыкального кружка явно не проявляли большого таланта, и педагог с монпансье был уволен. О, радостный миг! Но не тут-то было. Мама наняла для меня учительницу частным образом. Мой педагог, дама лет семидесяти, была метра полтора ростом, полноватая седая женщина, одетая по моде второй половины девятнадцатого века. Опять начались гаммы, упражнения и постылая мне пьеса «Аннушка», которую я очень быстро «заиграл». Чтобы я правильно держал руки на клавиатуре, Марья Ивановна (мой враг, т.е. педагог) укладывала мне на тыльную сторону ладошки карманные часы, и я должен был «гонять» гаммы, не роняя часов. Слава богу, у меня была хорошая реакция, и я ловил «старый будильник», подаренный моей училке её дедом ещё во времена Пушкина (шучу). Мучения мои продолжались примерно год. Рихтер из меня явно не получался. Перефразируя Ильфа и Петрова, могу сказать, что пианист из меня не получился, пришлось переквалифицироваться в баскетболиста. Я был свободен, мама расстроена, папа молчал. Вот тут я совершил большую ошибку. Чтобы мама видела, что труды её не пропали даром, я сам разучил упрощённый вариант первой части «Лунной сонаты» Бетховена. Мама была вне себя от восторга и гордости за своего сына, а я должен был демонстрировать свой «огромный талант» перед каждым гостем. Но, как говорят, время лечит, и постепенно пианино превратилось в предмет мебели.

Школа наша занимала первое место в Москве по туризму, и каждый год в сентябре проходил туристический слёт под Москвой. Обычно в субботу утром в лес уходила Ударная группа старшеклассников в составе двадцати человек, чтобы организовать место стоянки для всей школы, прибывавшей на слёт в воскресенье утром. В те времена я много занимался фотографией с моим отцом, у которого дома была оборудована маленькая фотолаборатория, нужная ему по работе. Папа научил меня фотографировать, проявлять плёнки, печатать, глянцевать и обрезать фотографии. Так вот, учитывая мои фотографические «способности», я, ученик пятого класса, был включён в Ударную группу вместе с десятиклассниками. Ура! Поход прошёл удачно, я сделал очень хороший стенд (с помощью папы, конечно) и получил за это похвальную грамоту. Тем не менее, старшеклассники решили меня, так сказать, «прописать» и подшутили надо мной. Каждый из нас в дополнение к рюкзаку должен был нести какую-то ношу. Я нёс ведро и пшённую крупу. Вечером мы сварили на костре пшённую кашу на ужин. Половина была съедена, а другая половина осталась в ведре. Перед возвращением в Москву я хотел выкинуть засохшую кашу и вымыть ведро, но ребята сказали, что я должен доставить остаток каши в школу в понедельник для отчёта об использовании пшённой крупы. Вот так я и пёр десять килограммов засохшей каши в Москву. А в понедельник приволок всё это в школу. Долго ещё надо мной смеялась вся школа, а члены Ударной группы похлопывали по плечу и говорили, что «прописка» прошла успешно. Самое главное было то, что с тех пор я стал бессменным фотографом и ходил на все сборы с Ударной группой.

Четвёртого октября тысяча девятьсот пятьдесят седьмого года из открытых окон нашего дома радио разнесло сигнал «Бип-бип-бип…»—это говорил первый искусственный спутник Земли, запущенный с космодрома «Байконур». Началась эра освоения космоса. Я был очень горд, что живу в такое необыкновенное время.

ЧЕТВЁРКА ПО МАТЕМАТИКЕ И ВООБЩЕ О МОИХ РОДСТВЕННИКАХ

В пятом классе математику нам преподавал Валентин Николаевич, мужчина лет тридцати пяти, всегда одетый в тёмный костюм и белую сорочку с туго затянутым галстуком. Очки, без которых он ничего не видел, вечно были испачканы мелом. Математику он обожал и вечно ковырялся в разных нестандартных задачках, получая от их решения огромное удовольствие. Оценка ниже, чем пять с минусом, для меня персонально была катастрофой. За время моей учёбы в школе я получал четвёрки всего раз десять и очень горжусь этим. Ну так вот, сижу я, пишу четвертную контрольную работу по математике. У нас спаренный урок. Закончил я её за сорок минут и довольный собой смотрю в окно на дождь и думаю о том, что сегодня вечером Валюна, Мишка, Саша и я начинаем осваивать «Преферанс». Слышу, как Валентин Николаевич говорит, что те, кто закончил, могут сдать работу и идти домой—это были последние уроки в этот день. Я кладу свою тетрадь на стол преподавателя и направляюсь к двери. Но вдруг что-то полыхнуло в мозгу—я сделал ошибку в одной из задач. Подхожу к учителю и прошу вернуть мне работу, чтобы поправить результат задачи, но он говорит, что работа сдана, и если там только одна ошибка, то я получу четвёрку. Кровь застучала в висках, и я выбежал из класса. Прибежав домой, я с удивлением увидел, что отец уже вернулся с работы. Рассказав ему о произошедшем, я ждал, что он встанет на мою сторону или в крайнем случае пожалеет меня, но он просто заметил, что надо быть внимательней и досконально проверять свои работы. Это меня окончательно добило, и я выбежал на улицу, где хлестал проливной дождь. Домой возвращаться я не мог, настроение было поганым. Решил поехать к бабушке в Сущёвский тупик. Денег у меня было девяносто пять копеек — пятьдесят копеек на метро и сорок пять копеек на автобус. Билет до метро стоил пятьдесят копеек, и тут «великий математик» не сообразил, что может проехать на автобусе всего на одну остановку меньше и одну остановку пройти до метро пешком. Я пошёл до станции метро Первомайская, а идти было хороших сорок минут быстрым шагом. Ну, что сказать, заявился я к бабушке вымокший до нитки и заявил, что с такими злыми родителями, как мой отец, не понимающий моего страдания, я не желаю жить и потому останусь у бабули.

Было это в субботу вечером, и Кика мне посоветовала, чтобы я хорошенько подумал до завтра, как быть, а покуда отправила меня в ванную и сама затопила печку и приготовила мне поесть. Позднее пришли с работы Нюма с Лизой — мои дядя и тётя, и чуть позже дедушка Лёва. Стало тесно, но очень уютно в этой маленькой десятиметровой комнатке. Мы пили чай с печеньем, смотрели по телевизору «Пиковую даму», любимую оперу моего дяди.

Спать меня положили на раскладушке возле печки, в которой трещали сухие поленья, и вокруг разливалось тепло, а воздух был пропитан добротой. Я чувствовал себя, как в каком-то сказочном теремке — столько любви источали эти родные мне люди.

Утром, после завтрака, Нюкола (так называл маминого брата мой отец) повёл меня в Музей советской армии. Музей этот я знал, как свои пять пальцев, но всегда ходил туда с удовольствием. Потом мы с дядей погуляли возле Театра советской армии и к вечеру вернулись в «Воронью Слободку» — так (как я уже говорил) окрестил деревянный сруб, где жила бабуля, мой отец. Мы поели, и я сам поехал домой. Происшествие это родители со мной не стали обсуждать — мама хозяйничала на кухне, а папа работал за столом, попыхивая трубкой и изредка поглядывая на меня.

В среду Валентин Николаевич раздал нам контрольную с оценками. Отдавая мою работу, он, как мне показалось, как-то загадочно на меня посмотрел. Я нехотя открыл тетрадь, там красным карандашом было написано «Будь внимательней» и стояла большая красная пятёрка с минусом.

Выезд на дачу, а также об искусстве

Выезжали мы на дачу либо в Малаховку, либо в Кратово. Дача—это целый день на улице. Дача—это простая и очень вкусная еда на веранде. Дача—это нескончаемые игры со сверстниками. Дача—это парное молоко, которое я ненавижу по сей день. Дача—это таскание тяжёлых вёдер с водой с колодца. Дача—это хождение в далёкую керосинную лавку. Дача—это купание в речке и походы в лес за ягодами и грибами. Дача—это дача!

Как-то отдыхали мы в Кратово, и ребята, с которыми я подружился, рассказали мне, что они якобы слышали разговор моих родителей о том, что я не родной их сын, а мальчик, взятый из детдома. Впервые в жизни я столкнулся с беспощадной детской шуткой. Я возненавидел маму, папу и даже сестру за то, что она была родная, а я нет. Целыми днями шатался я по лесу и тихо плакал. К концу недели в субботу приехал из города папа и привёз мне в подарок кролика. Я люблю животных. Кого только у нас дома не было: и кошка, и собака, и черепаха, и рыбки, и даже ёжик, но кролик! Это было белое пушистое чудо с красноватыми глазками, длинными розовыми ушками и шариком-хвостиком. Поселил я его под верандой, куда не проникал дождик. Соорудил загон из прутьев и постелил старое рваное одеяло, чтобы ему было мягче лежать. Кормил я его капустными листьями и морковкой да поил из деревянной плошки. Смастерил ошейник из старой верёвки и ходил с ним гулять в лес, который был через дорогу от нашей дачи. Я был счастлив и начал прикидывать в уме, где будет его место в нашей московской квартире. Но, увы, через три недели мой кролик умер. Похоронил я его, завернув в одеяльце, в лесу под деревом, где он больше всего любил гулять. Проплакав на могилке примерно с час, я побрёл домой. Начинался дождь, и пришёл я в дом весь мокрый, а к утру заболел. Лёжа в постели, я думал о своём умершем друге и очень жалел себя потому, что был ко всему ещё и неродной сын.

Выздоровел я через пару дней, и мама взяла меня с собой в клуб, где показывали фильм «Плата за страх» с Ивом Монтаном — всеобщим любимцем российской публики. Я рос на «Чапаеве» и «Смелых людях» и таких фильмов ещё не видел. С этого момента я влюбился в кино и в театр. Надо сказать, что любовь к искусству и чтению мне привили родители. Папа — к опере и классической музыке, мама — к балету и поэзии. Моим предкам я обязан всем хорошим, что во мне есть, ну а всё плохое, чего в достатке, — это процесс самовоспитания.

Да, хотел бы заметить, что годам к пятидесяти я стал так похож на отца, что вопрос о детском доме отпал (через сорок лет!) сам по себе.

Детства мои

Я заканчивал седьмой класс и по совету родителей собрался подавать заявление на поступление в техникум. Я бредил авиацией и мечтал об авиационном техникуме, но предки объяснили, что с моей успеваемостью и «пятым пунктом» туда не попасть и что, кроме как строительный, мне ничего не светит. Честно говоря, я не очень понимал эту проблему, но внял совету мамы и папы. К счастью, я полюбил свою специальность, и из меня вырос неплохой инженер.

Да, детство моё заканчивалось. Оно как-то само собой перешло в юность. А юность это уже совсем другая пора — пора мечтаний, самостоятельных, но зачастую неправильных решений, пора созерцания и созревания, пора первой любви. Это время — когда у тебя есть решения и ответы на все вопросы. Всё в жизни предельно ясно и делится на чёрное и белое, а оттенков не существует, и есть только одна правда — твоя, а всё остальное чушь. Ты познаёшь жизнь. Ты складываешься физически и морально, но ещё не понимаешь, что что-то неправильное, засевшее в тебе, со временем будет почти невозможно изменить. Твой характер, твои наклонности, твой темперамент будут генетически переданы твоим наследникам, и уже им самим надо будет что-то в себе менять. Но ты не можешь этого понять, потому как ты ещё стоишь одной ногой в детстве — во времени игр и счастья, во времени, когда ссоры тянутся не более дня, когда папа и мама—непререкаемый авторитет, а бабушка и дедушка—сама доброта и защита от всех напастей. Время, когда ты любишь кино про Чапаева и конфеты с лимонадом. Когда ты вырастаешь из одежды за три месяца. Когда при встрече с девочкой ты не краснеешь от того, что рукава рубашки твоей и штанины брюк сантиметров на пять короче, чем надо. Когда ты можешь взять девочку за руку, при этом даже не смутившись.

Детство моё—это время, когда зарождается дружба, иногда длиной в целую жизнь. Это время познаний и становления характера. Не знаю, почему, но так уж сложилось, что в мой характер пробралось много плохих черт, от которых я частично избавился, но с некоторыми воюю и по сей день.

Говорят, что годы, как река, которая течёт себе, и мы не можем ступить в одну и ту же воду два раза. Я с этим не согласен. Детство моё кончилось много лет тому назад, но память даёт мне возможность переживать ту, очень теперь далёкую пору ещё и ещё раз, всегда, когда мне это необходимо. Это придаёт мне новые силы, и жить с этим я буду до конца дней своих… Память моя—это мост в детство моё, счастливое и грустное, далёкое и такое близкое.

* * *

А потом было детство молодости… Детство семейной жизни… Детство эмиграции… Детство старости…

РАССКАЗЫ

От мала до велика

Метрах в пятидесяти от окопа полыхнули огоньки, а потом пришёл звук: «калашников» отрыгнул короткую очередь. Едва услышав её, я почувствовал три сильных удара в грудь, и меня отбросило на противоположную стенку окопа. Теряя сознание, я провалился в темноту…

Батальон майора Гринько, неся большие потери, прикрывал отход дивизии на запад. Пятьсот метров хляби между болотом и рекой, за которой располагалась непроходимая топь. Окоп в полтора метра глубиной, больше нельзя — грунтовая вода, с бруствером в двадцать сантиметров по кромке траншеи — невесть какая, но защита, особенно от снайперов, засевших в перелеске метрах в трёхстах от наших позиций. Стрелки эти, в основном охотники из Сибири, донимают нас по-страшному. Они бьют в глаз белку и песца с трёхсот метров без оптического прицела, а с ним мы для них как открытая мишень и подавно. Вот они и охотятся за нашими офицерами и младшим командным составом. У русских полно техники и боеприпасов, но есть одна большая проблема — осенняя украинская глина. Ни вездеходы, ни танки не могут пройти по этому месиву: сама матушка природа на нашей стороне. Единственный путь на запад — это старая грунтовая дорога, идущая примерно по середине перешейка. Вот эту дорогу мы и должны удерживать семьдесят два часа, чтобы дать возможность нашей дивизии передислоцироваться на новые позиции, расположенные в восемнадцати километрах западнее наших окопов.

Украинская армия отступает. Не хватает танков, орудий, машин, боеприпасов. Война идёт уже почти год. У нас большие потери. Русские теряют намного больше людей, чем мы, но восполняют недостаток в живой силе и технике очень быстро. У них огромные резервы, плюс Россия действует по доктрине Сталина: один погибший солдат—это трагедия, тысячи—это стратегия.

…Я жив, но в шоке. Все три пули, ударившие меня в грудь, попали вскользь в толстый кожаный ремень полевой медицинской сумки. Вот этот ремень и спас мне жизнь. Я всё вижу и слышу, но как будто со стороны. Стемнело. Бой стих. Не имея танков и бронетранспортёров, русские не рискуют воевать ночью. На исходе первые сутки обороны. Я как бы взлетел: сильные руки солдат подняли меня из воды, со дна окопа, положили на носилки и понесли в сторону медсанбата, расположенного в кустах у реки. Старшина первой роты Василий Куценко что-то говорит мне, но я не слышу. Я—начальник медсанбата дивизии майор медицинской службы Лев Борисович Бородянский. Мне тридцать шесть лет, я женат и у меня трое детей. Живу я в Киеве недалеко от Владимирской Горки, на Андреевской улице, а воюю далеко от дома. Вот такая краткая справка, так что будем знакомы. Вообще-то я не воюю. Я—хирург, но в свободное от операций и моих медицинских обязанностей время бегаю к окопам, чтобы помочь санитарам. Вот сегодня сбегал и попал под обстрел автоматчиков. Я должен был уйти с передовой вместе с дивизией, но объяснил начальнику штаба, что здесь я сейчас нужнее, и он меня услышал и разрешил остаться. С моей стороны это не было геройством—это было логично. В батальоне прикрытия будут большие потери, и потребуется хирург, а ротные медики—фельдшеры. Плюс здесь находится медсанбат, и часть остающегося оборудования можно будет использовать для операций.

Бойцы отнесли меня в палатку, переодели в сухую одежду и положили на походную койку—место моего обитания последние два месяца. Я вздрогнул, очнулся и посмотрел на часы—было три утра. Вернулся слух, ныла грудь. Приподнял нижнюю рубашку и увидел три фиолетовых кровоподтёка. Я осторожно сел на кровати и спустил ноги на пол, почувствовав при этом резкую боль в торсе. Да, если бы не ремень, был бы мне каюк. Встав с койки, покачиваясь, подошёл к аптечке, достал из неё две таблетки сильного болеутоляющего и проглотил их, запив водой. Спасибо «иностранцам» за помощь—всё медицинское оборудование и медикаменты мы получили из Израиля. Минут через двадцать боль утихла, и я, одевшись, отправился в палатку комбата. Майор Гринько, высокий здоровый парень, задумавшись, сидел за столом, курил и о чём-то думал, склонив голову над картой.

—О чём задумался?—спросил я.

—Где взять людей, чтобы продержаться ещё двое суток,—ответил он.—Как ты, пришёл в себя? Ну, тебе повезло: три пули, и все в ремень. Кстати, где ты его взял? У санитарной сумки ремешок тонкий,—проговорил он, глядя на меня.

—Да, он порвался, и я заменил его ремнём от портупеи,—ответил я.

—Садись, майор, хлебни горилки. Может, чего-нибудь подскажешь.

— Да какой из меня, к дьяволу, стратег. За горилку спасибо, но я не пью.

— Как дела с раненными? — спросил комбат.

— Двадцать два человека отправлены на подводах на новые позиции дивизии. Тридцать шесть километров туда и обратно. К полудню должны вернуться, — доложил я.

— Почему на подводах? — рявкнул Гринько. — Ведь я приказал отправить раненных на двух грузовиках.

— Извини, Николай, это я приказал. До того, как меня шарахнуло, велел фельдшерам грузить раненных бойцов на подводы. Во-первых, машины нужнее здесь, а во-вторых, подводы надёжнее — за ними не охотятся русские дроны. Ты уж извини меня, комбат.

— Ладно. Понял. Следующий раз ставь меня в известность, всё-таки я здесь командир. Ох уж мне эти полувоенные! — он улыбнулся в усы и, повернувшись к столу, снова упёрся глазами в карту.

Я вышел из палатки комбата и направился в медсанчасть. Пять утра, скоро рассветёт, и опять начнётся мясорубка. Из палатки фельдшеров слышался тихий разговор, и я, постучав по распорке, шагнул внутрь.

— Почему не спите? — спросил я. — Вам надо отдохнуть. Через пару часов будет некогда.

— Да не спится, товарищ военврач, — ответил один из парней. — Нервы.

— Понимаю, — сказал я. — Отдыхайте ещё час, а в шесть ноль-ноль жду вас в моей палатке. В шесть сорок пять полная боевая готовность. Никому не выдвигаться к окопам без моего на то разрешения, — приказал я и вышел из палатки.

Вернувшись к себе, я уселся на койку и подумал о том, куда подевалось местное население с хуторов и села Хомки, расположенного в двух километрах на запад. Не найдя ответа, я встал и пошёл в операционную. Если бы не полотняные стены палатки, можно было бы подумать, что ты находишься в настоящей операционной. Оборудование и его расположение продумано до мелочей, да и качество, которого я никогда не видел. Спасибо, Израиль! Я сел за стол, расположенный в закутке после операционного отделения, и начал было заполнять информационный журнал за последние сутки, как меня оторвал от этого дела часовой.

— Товарищ майор, разрешите обратиться? К вам посетитель, — выпалил он.

— Пусть войдёт, — ответил я.

В палатку вошёл паренёк лет семнадцати на вид, потоптался на месте и произнёс:

— Товарищ военврач, можно с вами поговорить?

— Садись, — сказал я и указал на стул. — Слушаю, говори.

— Мы хотели повидать командира, но нас прогнала охрана. Так я пробрался к вашему медсанбату и уговорил часового пропустить к вам, — выпалил он.

— Кто это «мы»? — спросил я.

— Местные парни, — ответил он.

— И много вас?

— Да, пять пацанов.

— О чём вы хотели поговорить со мной?

— Мы хотим помочь в обороне «Ушка».

— Чего-чего? — удивился я.

— «Ушка». Так местные называют место, где вы вырыли окопы. Оно узкое, как игольное ушко, — ответил он.

— И чем же вы можете помочь? Тебя зовут-то как? — спросил я.

— Олесь. Нам на круг по семнадцать лет. Нас не берут в армию. У нас у всех есть двустволки и мелкашки. Наши отцы и старшие братья воюют, а мы сидим по домам. Не возьмёте нас к себе в отряд, мы будем сами партизанить. Не отдадим Украину рашистам! — разгорячился он.

— Ладно, командир, пошли к комбату.

Мы вышли из палатки и направились в штаб. Было ещё темно. Майор Гринько водил карандашом по карте, ставя задачу командирам рот. Увидав меня и Олеся, он сказал офицерам:

— Свободны. Выполняйте приказ, — и, посмотрев на нас с парнем, произнёс: — Уже частично информирован. Подойдите сюда. Садитесь, — и сам устало опустился на табурет.

— Ну, — обратился он ко мне, — что будем делать с мальцами? Отправим по домам? Да там через два дня будут русские, — и обратился к Олесю: — А где мамки да сёстры?

— Ушли на запад, — буркнул парень.

— Ладно, — казал майор и крикнул: — Куценко, ко мне!

Через несколько секунд во входе в палатку возник старшина.

— Слушай, Вася, поставь ребят на довольствие и отправь в медсанбат помогать с раненными.

— Товарищ майор, у меня есть маленький дрон и селфон, — сказал Олесь. — Я знаю расположение окопов и техники русских.

Гринько внимательно посмотрел парню в глаза.

— Хорошо, ты останешься при мне, а остальная «команда» поступает в распоряжение майора Бородянского, — приказал комбат.

— Есть, — козырнул старшина и вышел из палатки.

Серое утро, размытое мелким дождём, началось с артподготовки русских. Палили наугад. Разброс снарядов был огромен. Стреляли они из орудий образца восьмидесятых годов — это была пальба на авось. Конечно же, у нас были убитые и раненные, но большого вреда рашисты причинить не могли. В атаку россияне идти не решались: дождь ещё больше размыл «Ушко», и солдаты, медленно идущие по грязи, были бы отличной мишенью для наших бойцов. День прошёл относительно спокойно, одна беда — снайперы, они то здесь, то там «снимали» наш комсостав. На узком перешейке действовали примерно пять снайперов. Работали они почти в открытую, с расстояния около пятисот метров, зная, что нам нечем ответить. Стемнело. Дождь поутих. Я направился к комбату доложить о потерях. Войдя в палатку командира, я услышал интересный инструктаж. Гринько объяснял задачу старшине Куценко, трём бойцам из взвода разведки и… Олесю. Увидав меня, он махнул рукой, мол, подгребай к столу.

— Старшина, получи на складе надувную лодку, что поставили нам израильтяне, и возьми у майора медицинскую сумку первой помощи. В два ноль-ноль поднимитесь по реке к позициям русских. Вот вам карта с позициями снайперов — это Олесь со своей «мухой», так он называет свой дрон, постарался. Два часа гонял он своего «приятеля» над позициями русских и надыбал три точки.

— Но ночью их там не будет, — возразил Куценко.

— Снайперы редко уходят с хорошо насиженного места. Помощники снабжают их едой и водой, — ответил комбат. — Слушайте задачу: если удастся близко подойти к позициям русских, Олесь со своей «мухой» уточнит расположение снайперских гнёзд. Если «стрелки» будут на местах, уничтожить, а если их там не будет, заминировать «насесты». Куценко за старшего. Ежели с мальцом что случится, лучше не возвращайтесь. Вопросы? — он оглядел группу. — Выполняйте.

— Есть! — козырнул старшина, и все вышли из палатки.

— Куценко, вы идите получите и подготовьте лодку, а я приготовлю медицинскую сумку. Встретимся у реки через час.

Старшина с командой направился к складу, а я, приготовив всё необходимое для рейда, отправился к комбату. Часовой у палатки командира не хотел меня пускать.

— Доктор, майор лёг отдохнуть. Поди сутки не спал.

— Ладно, — сказал я, — зайду утром.

Ночь выдалась облачная. Около двух ночи все были готовы к заданию. Я вместе с бойцами прыгнул в лодку и на безмолвный вопрос старшины, поглядевшего на меня с укором, сказал:

— Комбат разрешил.

Василий хмыкнул в усы, он всё понял, но промолчал.

Через полчаса причалили к болотистому берегу. В этом месте ширина реки была метров сто пятьдесят. Олесь поколдовал над «мухой» и запустил её в сторону русских позиций. Парень делал всё что мог, но уточнить расположение гнёзд снайперов не удалось. Тьма. Мы поднялись вверх по реке ещё метров на сто. Олесь и я высадились на узкой, метров в десять, полоске кустарника вдоль реки, а старшина с разведчиками отгребли от берега, направив лодку в сторону русских позиций, и через минуту растаяли в темноте. Метрах в тридцати от берега разведчики тихо ушли в воду, а Куценко отогнал её к середине реки и затаился…

…Через сорок минут на позициях русских раздался взрыв, и поднялась суматоха. Прошло ещё полчаса, и к кустарнику, вынырнув из серо-чёрной дымки, причалила лодка со старшиной и тремя разведчиками, один из которых был легко ранен в руку. Олесь и я прыгнули в «резинку», так её окрестили бойцы, и мы медленно, чтобы не поднимать шума, направились вдоль болотистого берега к нашим позициям. На полпути домой из-за облаков вынырнула луна, и мы оказались видны, как на ладошке, в жёлтой дорожке, высветившейся вдоль реки. Русские открыли шквальный огонь из миномётов, и один заряд угодил в воду метров в семи от нас. Осколки не пощадили никого, всех слегка «поцарапало», а вот Олесю не повезло — его сильно ранило в ногу. Лодка, изрезанная осколками, медленно, но верно погружалась в воду. Последние пятьдесят метров до берега мы добирались вплавь. Что произошло на позициях русских, я узнал только на берегу.

Бог есть! Утром третьих суток пришёл приказ отходить. Наши укрепились на новых позициях, и гаубицы открыли огонь по «Ушку», что дало возможность батальону Гринько оставить позиции и отступить в сторону нового расположения дивизии. Уже находясь в новом медсанбате, Олесь пошёл на поправку. Ногу я ему сохранил, но парень будет всю жизнь слегка хромать. Утром следующего дня меня навестил комбат и рассказал, что именно произошло той ночью. Он поведал, что двух снайперов ребята накрыли на местах, а третий отлучился по нужде, и разведчик заминировал «насест», но не успел отойти. Снайпер, вернувшись, подорвался на «сюрпризе», а руку бойца зацепило осколком. Комбат зашёл в палатку с раненными и, подойдя к койке Олеся, вручил ему награду. А потом погладил парня по голове и сказал:

— Спасибо, сынок. От всего батальона спасибо тебе, — и, поклонившись в пояс, вышел из медсанбата. На глазах его блестели слёзы. Вечером того же дня майор Гринько зашёл ко мне в закуток.

— Тебе за самовольство надо бы врезать, оставил батальон без хирурга! Ну да ладно, мальчонку спас, и на том спасибо, — он похлопал меня по плечу и вышел из палатки.

Через две недели мы отбили перешеек и пошли дальше на восток, в сторону Донбасса. Пошли медленно, но верно. Майор Гринько теперь подполковник и исполняет обязанности начальника штаба дивизии. Олесь с ребятами работают со мной в медсанбате. Никто не знает, когда закончится эта навязанная нам Кремлём война, но она обязательно закончится нашей победой. Потому что когда воюют все — от мала до велика, по-другому быть не может. Я это точно знаю.

ДИЛЕММА

Позднее утро. Умытое солнце. Пятница. Маленькое кафе на Маросейке.

— Разрешите к вам за столик.

— Да, пожалуйста.

— Знаете ли, свободных мест нет, так что извините. Меня зовут Адольф Рабинович.

— А меня Владимир Петров. Доброе утро. Вы что пьёте, чай или кофе?

— Кофе.

— Вот, пожалуйста, у меня целый кофейник.

— Спасибо.

После третьей чашки кофе (был уже ранний полдень), Володя заказал пару бокалов красного вина. Разговор прыгал с темы на тему. И вдруг он спросил:

— Адольф, а почему вы такой испуганный?

— Потому что я всего боюсь.

— Всего?

— Ну, точнее, я боюсь принимать решения. Меня за это и с работы уволили.

— Н-да... ты и сейчас чего-то боишься? — после выпитого вина они незаметно перешли на ты.

— Да.

— А чего?

— Видишь ли, я не могу найти работу, я одинок, у меня никого нет, и я хотел бы... ну... покинуть...

— Уехать из России, что ли?

— Да.

— Так чего же ты боишься? Подал заявление — и ту-ту.

— А я боюсь. Я не знаю, как там. У меня ведь и там никого нет. Большая дилемма, понимаешь.

Последовала ещё пара бокалов вина, и Володя задумчиво произнёс:

— А я бы уехал.

— Тебе-то зачем, ты же русский?

— Говорят, что там хорошо. У меня половина родни расписалась с вашими и уехала. Читаю письма и балдею.

— Вова, а ты когда-нибудь бывал за границей?

— Много раз, и в Прибалтике, и в Украине. Слушай Адольф, а ты начни с Казахстана, что ли.

— Нет, там не любят ни наших, ни ваших.

— Да, это ты прав. Знаешь, что, у меня есть хорошая идея, пошли.

Они рассчитались с официанткой и вышли на улицу. Пахло асфальтом и сигаретами. Володя вёл Адольфа по старым улочкам через проходные дворы, и минут через пятнадцать они пришли в старенький дворик в Сущёвском тупике. Посереди двора стоял деревянный стол со скамейками, где четыре мужика играли в домино. Наши герои подошли поближе и сразу поняли, что «Козёл» в сухую не забивается. Володя достал из кармана заранее припасённую бутылку и водрузил её на стол.

— Адольф, давай послушаем народ. Народ — он завсегда лучше знает, что к чему.

Мужики распили пузырь и стали обсуждать очень серьёзный вопрос: почему это на Олимпийских играх нет соревнований по домино.

В это время Володя подкинул идею:

— Мужики, вот Адольф хочет покинуть Родину, но боится.

На это один из «олимпийцев» заметил:

— Вона, Нюрка из третьего подъезду уехала в Израиль, и тапереча значится она — еврейка.

Второй член сборной по домино сказал:

— Ну, Нюрка! Помню, как мы все вместе с ней на чердаке кувыркались. Мы тогда долго боялися, что хахаль ейный, Федька, нам рёбра пересчитает, а она промолчала.

В разговор вмешался старейший член Сборной по «Козлу» Михаил Матвеевич. Он уже был пятнадцать лет как на пенсии, но помнил всё.

— Эй, милок, а как жа «У парадного подъезда»? А вона, ещё когда рабоче-крестьянские матросы в семнадцатом на ворота лезли под руководством самого, значить, Ильича. Как жа табе совесть позволяет, твою мать, всё енто бросить?!

— Ну, Матвеич, — сказал Володя, — это ты перебрал. Во-первых, в семнадцатом матросы не лезли на ворота — они были открыты, а руководили восстанием Троцкий, Пятаков и Зиновьев. А во-вторых, Ильич в это время был в Германии.

— Напился, что ли, в Германии! — возмутился пенсионер.

— Да нет, правда. Ильич в это время был за границей. Сидел он как-то в кафе за чашкой чая и случайно познакомился с ветераном Первой мировой войны. Они часто встречались в этом бистро и подружились. В один тёплый осенний день семнадцатого года Ильич разоткровенничался и сказал, что, мол, товарищи зовут его вернуться в Россию, и что он этого боится.

На что его приятель, Адольф Шикльгруббер, заметил:

— Да, Володя, у нас с вами большая дилемма.

Дорогие мои соседи

Сорок третий… Курская дуга…

Семьдесят лет спустя идёт много пересудов о том, кто победил в этом сражении. Стратеги и тактики, манипулируя цифрами, пытаются доказать миру свою правоту. На мой взгляд, в этом танковом аду не было победивших и побеждённых, а были тысячи погибших советских и немецких солдат. Ни Аустерлиц, ни Бородино, ни Порт Артур не идут ни в какое сравнение с этой бойней. Я не историк и не военный стратег и не могу сказать, было ли сражение на Курской дуге главной схваткой Великой отечественной войны, но я твёрдо знаю, что после этой мясорубки фашисты уже не смогли оправиться, и цунами войны повернулась на запад, набирала скорость и мощь, и к сорок пятому году докатилась до Берлина, где и поставила точку на амбициях Гитлера и Второй мировой войне.

Срок третий… Курская дуга… Деревушка Виногробль…

На окраине этого местечка обосновалась группа боевой техники майора Цыпляева: пять танков Т-34, две самоходки и четыре орудия сорок пятого калибра. Место это самой природой было создано для засады. С левой стороны топь, тянущаяся вдоль грунтовой дороги километров на двенадцать, а с правой—глубокая балка с километр длиной, упирающаяся в крутой обрыв к реке метров десять высотой. Грунтовая дорога и холмистые обочины её были метров тридцать шириной, не более. Дорога эта была единственным местом, где танки могли пройти к деревушке, а через неё — к огромному полю и выйти на оперативный простор для атаки правого фланга танковой группы генерала Рыбалко. Майор Цыпляев расположил артиллеристов на небольшом холмике слева, у болота, отсюда местность хорошо просматривалась, что в случае атаки помогло бы отсечь немецкую пехоту от танков. Т-34 и самоходки встали дугой от топи до оврага таким образом, что весь огонь мог бы обрушиться на идущие в прорыв немецкие танки и прикрывающую их пехоту.

Сорок третий... Курская дуга... Деревня Виногробль...

Ночь. Тишина. Только кузнечики стрекочут здесь и там. Майор приказал добить Н.З. — утром будет не до него. Перед рассветом пошёл дождь, да не просто дождь, а ливень. Дорогу теперь не узнать. За полчаса она превратилась в грязевое месиво. В три утра подошла пехота — рота прикрытия капитана Шутова — и, разделившись пополам, по два отделения, залегла вдоль болота и в овраге. Майор Цыпляев, собрав офицеров, поставил задачу: «Держать околицу. Стоять на смерть, но не пропустить немцев в деревню до восемнадцати ноль-ноль. В это время Рыбалко должен начать генеральное наступление, и фашистам будет не до нас».

Сорок третий... Курская дуга... Деревня Виногробль...

В четыре тридцать немцы начали артиллерийскую подготовку. Сорок минут артобстрела не принесли им ожидаемых результатов. Наши потери: четыре бойца и одна пушка на правом фланге. Для фашистов этот обстрел был угадайкой — стреляли они вслепую. Холмы перед въездом в деревню закрывали фашистам обзор местности, а четырёх наблюдателей снайперы сняли ещё вечером. Выхода у немчуры не было — этот тридцатиметровый проход был нужен им как воздух, и в пять тридцать утра ринулись «Тигры» в атаку в эту узкую щель между болотом и оврагом. Майор приказал танкистам подпустить немцев на триста метров и вести стрельбу прямой наводкой. Командир артиллеристов капитан Верховский, услышав приказ Цыпляева, распорядился стрелять по грунтовой дороге, особенно по тому месту, где она, извиваясь между холмами, входит в узкое горло на окраине деревни. «Почему мы должны палить по земле, а не по танкам врага?» — думал он, но приказ есть приказ. Через десять минут, превратив подход к деревне в сплошное месиво, он увидел, как «Тигры» вынуждены были сбрасывать скорость и поворачиваться полубоком к советским танкам, а это значит, что немецкие танки подставляли под огонь свои самые уязвимые места, по которым прямой наводкой палили Т-34, самоходы и ИС. Через полтора часа бойни на подходе к деревне горело четыре фашистских танка, перекрывавших подход к Виногроблю, и немцы должны были расчищать подход к горловине, оттаскивая подбитые машины. И всё это под шквальным огнём орудий и пехоты. Всё, чего они добились, это сделали проход, в который с трудом могли пройти два танка. На их счастье, дождь прекратился, и выглянуло солнце, слегка подсушившее дорогу. Мы потеряли ещё одну пушку на левом фланге, а посему пришлось перебросить одно орудие с правой высотки на левый фланг. У тяжёлого танка в двух местах перебило гусеницу, и всё, что он теперь мог, — это вести обстрел врага, поворачивая башню, оставаясь отличной мишенью для «Тигров». Потери в живой силе были куда более ощутимы: от роты Шутова осталось в живых тридцать два бойца, да и сам капитан был тяжело ранен, и команду ротой, в которой осталось два не полных отделения, принял на себя старшина Ёлкин. В экипаже командира танкового подразделения в живых осталось двое: майор Цыпляев и сержант Митин. Остальные тридцать четвёрки были на ходу с полными боекомплектами. Спасибо шоферам, пригнавшим две полуторки по дну оврага. Обратного пути для этих двух бойцов не было, и они поступили в распоряжение Ёлкина. В таком бою два дополнительных стрелка стоят многого.

Сорок третий... Курская дуга... Деревня Виногробль...

В одиннадцать тридцать фашисты предприняли разведку боем. Перестрелка длилась всего двадцать минут, но немцы засекли местонахождение двух уцелевших орудий, танков и самоходок. «Думай, майор, думай», — настраивал себя Цыпляев. Что предпринять? Как спасти людей и технику? Картина действий появилась в голове внезапно, и командир сразу понял, что это единственное правильное решение тактической головоломки на данный момент. Он прекрасно понимал, что в этом бою, вероятнее всего, погибнут все, но это была единственная возможность удержать деревню до шести часов вечера. Нет страшнее задачи у командира любого ранга, чем посылать бойцов на верную смерть. Выхода не было, и он отдал приказ.

Оба орудия выкатили на высотку на краю оврага, ИС, тяжёлый танк с перебитой гусеницей, остался на месте, а экипаж попросил разрешения остаться со своей боевой машиной и вести обстрел немецких позиций до последнего снаряда. Четыре Т-34-ки и две самоходки отошли на околицу и замаскировались за домами. Танк же командира, находившийся на бугре у болота, вдруг подал двадцать пять метров назад и начал выделывать непонятные манёвры — он крутился на месте, подавал то вперёд, то назад, то вправо, то влево, и на виду у всех сорокатонная машина стала погружаться в глиняное месиво. Через десять минут танкистам, наблюдавшим за «штучками», которые отмочил танк командира, стало очевидно, что Т-34 майора Цыпляева держит под прицелом горловину между подбитыми «Тиграми», а сам танк, осевший в земляное месиво почти на метр и прикрытый бугром, становится практически неуязвимым. Последовал приказ командира: «Пополнить боекомплекты и отдыхать».

Сорок третий… Курская дуга… Деревня Виногробль…

Тишина. Приумолкли даже птицы. пятнадцать ноль-ноль по полудню. Рёв танковых моторов, лязг гусениц и разрывы снарядов полковой артиллерии фашистов разорвали тишину летнего дня. Приказ командира: «Танкам не открывать огонь до тех пор, пока „Тигры“ не пойдут в прорыв. Орудиям — отсечь пехоту от танков. Пехоте не спешить и вести только прицельный огонь». И началась мясорубка. К 16:00 немцы, боясь попаданий в свою же пехоту, прекратили артиллерийский обстрел. На бруствере оврага всё ещё работала одна сорокапятка. От полного расчёта орудия осталось два человека, да и снаряды и силы людей были на исходе. В шестнадцать тридцать прямое попадание снаряда накрыло орудие и его расчёт. Наступила звенящая тишина, которая, как показалось Цыпляеву, тянулась вечно… Через двадцать минут в прорыв пошли «Тигры». Первым делом они растолкали подбитые машины и, расширив проход, создали возможность манёвра для своих танков. Первым делом фашисты расстреляли и подожгли тяжёлый ИС—от взрыва боекомплекта башню его отбросило метров на двадцать, и она стала медленно погружаться в трясину, унося с собой разорванные тела танкистов, презревших смерть.

В тридцатиметровую горловину между топью и балкой устремились немецкие танки. Навстречу им из своих укрытий выкатились четыре Т-34-ки и два самоходных орудия, и с расстояния в триста метров началась дуэль железных гигантов. Вот уже горят три «Тигра» и два наших танка, а в прорыв, расталкивая подбитые машины, рвутся танки дивизии «Чёрная Голова». Вот загорелась одна самоходка, взорвался ещё один «Тигр», а от взрыва перевернулась вторая самоходка... Вот тут-то и пришло время для командирского Т-34 открывать огонь. Пять выстрелов по бокам рвущихся к деревне «Тигров»—и три из них горят.

Сорок третий... Курская дуга... Деревня Виногробль...

Вот уже сорок минут идёт танковый бой у околицы деревни. Горят двенадцать «Тигров», немецкая пехота отрезана от танков. Сосредоточившись у входа в горловину, девять немецких танков готовятся начать новую атаку. Нет больше наших танкистов и самоходов, нет пехоты, нет артиллеристов—все они полегли на поле брани, защищая маленькую деревушку Виногробль... но есть ещё танк Т-34, окопавшийся за высоткой у болота, а в нём есть экипаж: майор Цыпляев и сержант Митин, а у экипажа ещё есть снаряды и огромное желание рвать в куски банду фашистов, посягнувшую на святая святых—нашу Родину. К восемнадцати ноль-ноль запылали ещё два «Тигра». Боеприпасы иссякли. Офицер и сержант выкарабкались из машины и столкнулись лицом к лицу с фашистскими пехотинцами. В ход пошли пистолеты и ножи. В этом рукопашном бою майор получил тяжёлое ранение в ногу, а сержант, послав пятерых немцев на тот свет, обессиленный, осел, опершись спиной о гусеницу своего танка, который он шутливо называл «Телок», и стал спокойно перевязывать раненную ногу командира…

Сорок третий… Курская дуга… Восемнадцать ноль-ноль…

На околицу деревни Виногробль ворвались танки генерала Рыбалко… Фашисты в деревушку не вошли…

Вечером того же дня Совинформбюро сообщило, что на Курской дуге идут тяжёлые бои и что у деревни Виногробль танковый экипаж в составе командира танка майора Цыпляева и механика-водителя сержанта Митина уничтожил девять «Тигров». О погибших в этом бою пехотинцах, артиллеристах, танкистах и экипажах самоходов не было сказано ни слова. Вечная вам слава, безымянные герои земли русской!

Майор Михаил Иванович Цыпляев и сержант Григорий Иванович Митин были представлены к званию Героя Советского Союза, но по какой-то причине званий этих удостоены не были. Насколько я знаю, майор Цыпляев был кадровым военным с абсолютно чистой биографией, а сержант Митин ушёл на фронт в январе сорок третьего года, будучи неполных семнадцати лет от роду. Был он невысок, но здоровяк, каких мало, вот он и прибавил себе два года. Майор Цыпляев с год провалялся по госпиталям, но ногу спасти не удалось, так что до конца дней своих он ходил на протезе. Сержант Митин прошёл длинный боевой путь и встретил победу в Будапеште, после чего воевал в Манчжурии с японцами. Он сменил три экипажа и пять боевых машин, но сам никогда не был ранен. Бог всё-таки есть!

Будучи пацаном, жил я в Измайлово на самой окраине Москвы в двухэтажном доме, построенном пленными немцами. В трёхкомнатной квартире жили три семьи. Жили, как одна большая и очень дружная семья. В одной комнате располагались мои мама, папа, сестра и я; во второй комнате обитали дядя Миша Цыпляев с женой и дочкой; а в третьей—дядя Гриша Митин с женой, дочерями и своими родителями—Иваном Степановичем и мамой, которую все называли Ифтевна.

Вот такая вот история—хотите верьте, хотите нет.

Жизнь, прожитая зря

Я родился в сорок пятом, весом пять пятьсот, на Урале. Семья жила тогда в большом доме, дед мой был большой человек, работавший на большом заводе и получавший большую зарплату. Поэтому в доме всегда было много еды, но я в то время пил только мамино молоко, зато с удовольствием. Жирность молока была высокая, а посему я заполнял подгузники с удивительным постоянством и по многу. То было замечательное время, о котором я ничего не помню, но знаю из рассказов бабушки, что мама только успевала меня подмывать и менять пелёнки, а я исполнял свой долг с честью, и вся семья по этому поводу умильно улыбалась. Я же, чувствуя, что наложил много, всем на удовольствие, радостно сучил ножками и размахивал ручками, как на демонстрации. Я как бы хотел сказать:

— Дорогой товарищ Сталин, это для вас от всего сердца!

Слава богу, я ещё не умел говорить.

В сорок шестом мы переехали в Москву. Моего кристально честного деда обвинили в хищениях государственной собственности по чьей-то кляузе, так бывало в те годы, и сослали в лагерь на Соловки, который находился на пляже у Белого моря. Опять же, я узнал всё это из рассказов моей бабули. Жили мы теперь в маленькой квартире в старом деревянном доме в Сущёвском тупике рядом с вытрезвителем и пожарной каланчой. Я успешно продолжал делать в пелёнки, но никто из родных по этому поводу больше не улыбался, а посему сам я больше приветов Сталину не посылал.

Прошло несколько лет. Папа, мама и я переехали в комнату в построенном пленными немцами новом двухэтажном доме на самой окраине Москвы, в Измайлово. Начиная с этого времени я себя помню. Меня оформили в детский сад, который не понравился мне с первого дня, но ещё больше я возненавидел противно пахнувшую еду, особенно манную кашу. Воспитательница буквально запихивала её мне в рот силком, но через пару минут каша выходила наружу. Должен признаться, что ел я в те времена плохо, но тем не менее в штаны я делал регулярно. Помню, как папа говорил маме, что он не может понять, откуда во мне столько дерьма.

Учась в школе, я всё ещё иногда позволял себе наложить в штаны в прямом смысле этого слова, но и в переносном смысле дело обстояло не лучшим образом. Я, бывало, трусил, обманывал родителей, что, на мой взгляд, эквивалентно заполнению штанов.

Закончив обучение в школе и техникуме, я, немного поработав, пошёл в армию. Я как бы убегал от самого себя по причине того, что не умел и боялся разбираться в житейских проблемах, а ведь это то же самое, что наложить в штаны. Служба в армии поначалу складывалась неплохо, но в столовой начали подавать манную кашу, и всё пошло наперекос. Я напакостил тут, вывернулся там, ушёл от ответственности здесь… Ну, в общем, опять уделался на полную катушку. Вернувшись из армии, я женился, появился ребёнок. Жизнь шла своим чередом, а я успешно продолжал гадить своей семье на голову.

По прошествии времени у меня возникли серьёзные разногласия с советской властью, и я со своей семьёй эмигрировал в Америку. Моя жена и я делали всё возможное, а порой и невозможное, чтобы дать образование нашему сыну, а он хотел быть и, к нашей радости, стал доктором. Всё это время и годы спустя я не ел манной каши, но всё-таки периодически гадил моим близким на голову...

У меня теперь своя большая семья — жена, сын, трое внуков, тёща. Я всё так же ненавижу и не ем манную кашу, но делать в штаны я таки перестал. Вот такая вот история ни о чём.

P. S. На днях были мы с женой в гостях у сына. Он готовил BBQ, я сидел рядом, говорили ни о чём, как вдруг мой сын задал мне вопрос:

— Пап, ты не собираешься на пенсию?

Я ответил:

— Нет. Потому что нам с мамой будет не на что жить.

Вот тут он меня и добил:

— Так о чём же ты думал раньше? — жестоко спросил он.

Грубо говоря, просто наделал мне на голову.

Время идёт по спирали, и от этого никуда не уйдёшь — особенно от жизни, вероятно, прожитой зря.

МОЙ ДВОР

Даст Бог, мне в декабре стукнет семьдесят пять. Почему Бог? Да потому, что я не совсем здоров или совсем не здоров. Вы только подумайте, поменять пару слов местами — и как меняется смысл! Чем сильнее старость стучится ко мне в дверь, тем чаще я вспоминаю своё детство и юность. Наверное, это происходит оттого, что люди, окружавшие меня, когда мне стукнул первый десяток, были честнее в своих высказываниях и поступках и проще в своих суждениях, чем те, кто окружают меня сейчас. Нет, я ни в коем случае не хочу сказать, что люди из моего прошлого были лучше, порядочнее и умнее, чем теперешнее моё окружение. Просто я в те далёкие годы не имел того жизненного опыта, который мы теперь называем «информацией». Я не судил людей, но слушал их, пытаясь прежде всего понять смысл ими сказанного и отвечать им, если это был вопрос, честно и откровенно. Я не пытался увиливать от ответа, даже если нашкодил и знал, что мне не поздоровится. Я, конечно же, не был кристально честен — я был обыкновенным, как и мои друзья, товарищи и соседи по дому.

Шёл пятьдесят пятый. Прошло всего десять лет, как окончилась Великая отечественная война, и не зажили ещё раны, нанесённые ею. Страх и горе ещё жили в глазах людей. Первым тостом во время любого застолья было «За Родину, за Сталина!», а последним — «За то, чтобы не было войны!»—это было время, когда фронтовики не стеснялись пролитой слезы, вспоминая о падших, и с гордостью носили свои награды. Мои сверстники и я росли рядом с этими людьми и чувствовали себя как за каменной стеной. Мы, как все дети, страшились скелетов и привидений, но не боялись фашистов. Мы были готовы сражаться с ними, стоя плечом к плечу с нашими отцами и дедами. Мы не могли дождаться восемнадцати лет—призыва на службу в советскую армию. Мы играли в разные игры, но любимой была игра в войну. В этой игре не было проигравших—были только победители. Мы приходили домой с синяками и ссадинами, в перепачканной и иногда порванной одежде, и нам влетало от мам, но были счастливы тем, что уничтожили (пусть невидимых и не существующих) фашистов. Взрослые, находившиеся во дворе, когда мы гоняли футбольный мяч или кричали во всё горло, играя в салочки, могли нашуметь на нас—мол, будьте потише, но не делали этого, когда мы на голову разбивали немцев в битвах за Сталинград или за Берлин. Мы ссорились, играя в прятки или чижик, но никогда меж нами не было разногласий (разве что, какое у кого будет звание), когда мы играли в войну. Мы учились быть честными, защищать друг друга, выручать товарища из беды, не бояться идти под пули, мы учились верить своим товарищам… мы учились жить.

Дом наш состоял из двух двухэтажных зданий, соединённых аркой, похож он был на букву «П». С четвёртой стороны к нашему двору примыкал высокий забор детского садика. Размером наши владения были примерно пятьдесят на пятьдесят метров. В доме было семь подъездов, в каждом по четыре квартиры, в которых обитало примерно сто сорок человек. К примеру, в нашей трёхкомнатной квартире проживали три семьи—тринадцать человек. По теперешним меркам, тесно, да и по меркам середины пятидесятых это был не дворец, но жили мы дружно, как одна большая семья, ссор и скандалов не было. Даже когда дом снесли и все разъехались по квартирам в разных районах Москвы, мы поддерживали отношения друг с другом, что и делаем по сей день.

Публика в нашем доме жила разношёрстная: от рабочих до управляющего строительным трестом. До сих пор удивляюсь, как такие разные люди и семьи уживались вместе. Но ведь жили, и дружили, и ходили друг к другу в гости, и помогали тем, кто попал в беду. Весь дом плакал, когда умер Сталин, и, радуясь, кричал «Ура!», когда запустили спутник. Весь двор слушал радио, болея за наших до часу ночи, когда сборная Союза выиграла первенство Европы по футболу в Париже. Всем двором провожали в последний путь ветеранов войны, не доживших до пятидесяти.

Это были времена, когда красная и чёрная икра лежала на прилавках «бери не хочу», а за куриным яйцом надо было выстоять в очереди во дворе магазина полдня. Когда у людей не хватало денег на пропитание и одежду, но народ месяцами «отмечался в очередях» на машину и первый советский телевизор КВН. Когда в Сокольниках на Американской выставке нам показывали, как живут не на Марсе и Венере, а за океаном. Это были времена, когда мы, мальчишки, хотели быть в отрядах Фиделя Кастро, чтобы освободить Кубу от диктатора, не понимая, что на смену ему придёт другой, ещё более жестокий тиран.

Да, мы многого не знали, а посему не понимали происходящего вокруг нас. Мы жили в самой лучшей и свободной стране мира (мы просто не знали, как живут в других странах — мы были за «железным занавесом»), о нас заботилась самая гуманная коммунистическая партия (принимавшая за нас все решения, не давая нам самостоятельно мыслить), нас защищала самая мощная армия (которая потом «заботилась» о Венгрии и Чехословакии), нас одевала, обувала и кормила наша социалистическая родина (это неважно, что всё выше сказанное производили мы сами, своими руками). Только вот всё это никак не вписывалось в то, что я видел на Американской выставке, но всё объяснялось тем, что я ещё маленький, а вот когда подрасту, то всё встанет на свои места.

Теперь пора бы поведать о ребятах, живших в нашем доме. В первом подъезде в квартире номер один жил Саша Парамонов, застенчивый мальчик маленького роста. Я играл с ним иногда, когда было нечего делать и на меня нападала скука. С ним было неинтересно, он никогда не предлагал никаких игр, а только следовал моим затеям, а самое плохое было то, что он ничего не хотел — у него не было мечты. Во втором подъезде на втором этаже жили братья Боря и Саша Носаль, их папа умер в пятьдесят четвёртом от ран, полученных на фронте. Он был водолаз. Борька был на четыре года старше меня, а с Сашей мы были ровесники. Он учился в художественной школе, и от него всегда пахло масляными красками, и была у него идея фикс — научить меня рисовать, но из этого, за отсутствием у меня соответствующего таланта, ничего не получилось. Мелочь, остававшуюся после покупки холстов, кистей и красок, он складывал в банку, на которой нарисовал очень смешную черепаху Тортилу. Саша сказал мне по секрету, что собирает деньги, чтобы нанять обнажённую модель. Копить он начал в десять лет, а первую женщину-модель нанял в шестнадцать, гордо заявив, что после сеанса он с ней переспал. Я видел эту даму лет сорока и Сашке не поверил.

В том же подъезде на первом этаже в разных квартирах жили Валя Иванов и Миша Щербаков. У Вальки была сестра Майя, лет на шесть старше нас, а у Мишки было восемь сестёр и братьев. За самой младшей сестрой Миши Зойкой нам троим приходилось довольно часто присматривать, чтобы помочь его матери, что доставляло нам кучу неудобств. Мишка должен был присматривать за сестрой именно тогда, когда у нас намечалось какое-нибудь важное мероприятие. Вообще-то, честно говоря, Валюна дружил с Мишкой, а я был сбоку припёка, что меня сильно расстраивало. Но ничего не поделаешь—я по натуре одиночка, как говорят, себе на уме. Настоящий друг появился у меня, когда мне стукнуло двадцать пять. Он был такой же одиночка, как и я, но Бог нажал какую-то кнопку—и в моей жизни появился Миша Дубосарский, и что-то между нами кликнуло. К великому моему горю, его унёс рак в относительно молодом возрасте. По правде сказать, у меня был друг и до Миши, но о нём я напишу потом… Если вообще напишу.

В третьем подъезде жил Витька по кличке Пралик, даже он сам не знал, как это странное слово прицепилось к его имени. Это был отчаянный парень, у которого были сломаны то палец, то рука, то нога. Однажды он появился во дворе, всех перепугав, с лицом, почти полностью замазанным зелёнкой из-за множества мелких порезов стеклом. Как его угораздило так изрезаться, никто не знал, а он только смеялся и корчил смешные рожи, как королевский шут. Он ни с кем не водил дружбу, а просто со всеми общался.

В четвёртом подъезде, где на первом этаже жил я, на втором этаже обретался мой однокашник Саша Муравьёв. Отцом его был пленный немец из тех, что работали по окраинам Москвы на строительстве домов. В пятьдесят третьем этих немцев угнали за Урал, а в пятьдесят шестом году от рака умерла его мать, и он остался один в своей комнате. Каждый раз, когда я у него бывал, он предлагал мне поесть с ним белый хлеб с чаем. Чаем он называл молоко с сахаром, разведённое кипятком. Примерно год за ним изредка присматривала тётка, а потом он и вовсе исчез из нашего дома, никому ничего не сказав...

В пятом парадном жили только взрослые — там даже детям было лет по двадцать. Нет, забыл. Ещё там жила девочка Галя по кличке Ёжик. Почему у неё было такое странное прозвище? А потому, что она перенесла дифтерит, и её постригли наголо. Было это, когда ей исполнилось восемь лет, но с тех пор она была всегда коротко острижена, и волосы на голове торчали, как иголки у ежа. Родители её погибли в сорок пятом в самом конце войны, и она жила с бабушкой и дедом, вот бабуля её так и стригла. Галка стойко переносила шутки, которыми её осыпали пацаны, и только строго, с вызовом, смотрела на своего обидчика синими глазами своими, пока тот не отводил взгляд и не уходил прочь. Как-то мы с Галкой сидели напротив друг друга за столом, что был расположен посередине двора, и наблюдали, как жук пытался пролезть в щель между досками, из которых был сколочен стол. Галя была небольшого роста и, чтобы лучше видеть, что делает жук, встала коленками на скамейку и облокотилась о стол локтями... Я поднял глаза от жука и в вырезе платья увидел небольшую девичью грудь. Не берусь описывать чувство, которое охватило меня в тот момент. Галя же поймала мой взгляд, смутилась и убежала домой… Волей судеб я встретил Галю, когда ей исполнилось двадцать. Это была невысокая стройная девушка с красивым лицом и толстой рыжей косой до пояса.

В том же подъезде жил Боря Дзябренко. Отец его погиб на фронте, а мама, тётя Даша, маленькая щупленькая женщина, работала почтальоном и таскала на плече огромную сумку, изнемогая под её тяжестью. Мы с Борькой частенько помогали ей, топая по этажам и раскладывая письма и газеты в почтовые ящики, что доставляло нам большое удовольствие. Учился Борька плохо. Школа его не интересовала. Когда я предложил подтянуть его по литературе и математике, он ответил, что школа ему не нужна и что он хочет работать в морге. Ни разу в жизни я не слышал, чтобы кто-то хотел заниматься покойниками. Из всех моих знакомых ребят я могу пересчитать по пальцам тех, кто воплотил в жизнь мечту детства и стал тем, кем хотел быть. Боря Дзябренко добился своего и поступил на работу в морг одной из известных московских больниц.

В седьмом подъезде на первом этаже жила семья Колокольцевых. У этой четы была дочь Инна, очень высокая и некрасивая девочка, которая, как и Тамара из шестого подъезда, закончила школу с золотой медалью. Жила она, как затворница: школа, потом институт, книги и никакого общения с ребятами. Я не осуждаю её, а просто ничего о ней не знаю. Думаю, что она знала о своей внешней непривлекательности и старалась не попадаться никому на глаза.

Там же на первом этаже жили два приятеля Петя Устин и Валерик Шевлюгин. Два друга не разлей вода, которые каждую неделю дрались до первой кровянки.

По сей день не понимаю, зачем они это делали. А вот на втором этаже жила семья Черниных, тётя Рива и дядя Сёма, которого на работу возила персональная «Победа», а потом «Волга». Было у них двое детей—сын Витя и дочь Зоя. Витёк был на четыре года старше меня. В школе он учился плохо и частенько бывал наказан за неуды, но, получив аттестат зрелости, взялся за голову, поступил в МВТУ (невероятно, но факт) и окончил его с красным дипломом. Сейчас Виктор Чернин доктор наук и довольно известный учёный. Живёт он в Германии. Сестра его Зойка, что годом старше меня, в те годы была моей пассией. Я был в неё по уши влюблён, но, когда мне исполнилось шестнадцать, мы переехали в новую квартиру, и моя любовь осталась в старом дворе.

Был у меня друг. Он не жил в нашем дворе, мы учились в одной школе в параллельных классах, он в «А», а я—в «Б». Я был уверен, что дружба наша будет продолжаться всю жизнь. Он был свидетелем у меня на свадьбе… В феврале восемьдесят первого года я с семьёй покидал Советский Союз. У меня в двухкомнатной квартире на проводы собралась уйма людей, и народ всё подходил и подходил. Часов в семь вечера пришёл мой друг, почему-то без жены. Он не зашёл в квартиру, а позвав меня на лестничную клетку, тихо сказал: «Знаешь, всякое может быть. Ты мне, пожалуйста, не пиши и не звони». Быстро повернулся и побежал вниз по лестнице со второго этажа. Я видел, как ему было трудно. Вот уже много лет я пытаюсь понять, почему он так поступил, и думаю, что понял. Он порвал отношения со мной из-за своей жены—она у него по национальности русская. Понять-то я понял, но по сей день не принял предательства. Я не знаю, как сложилась его жизнь, но всякий раз, когда я начинаю копаться в прошлом, я как бы чувствую маленький клинышек в спине под левой лопаткой. К великому моему счастью, в восемьдесят первом году судьба преподнесла мне сюрприз, познакомив с замечательным парнем, его мамой и семьёй, с которой мы прошли всю эмиграцию в Австрии и Италии, а это, я вам скажу, испытание серьёзней не придумаешь. Всего-то пять недель, но эти тридцать пять дней и ночей повязали нас навечно. К сожалению, мы живём в разных городах и видимся не так часто, как хотелось бы, да и двоих женщин этой семьи Бог уже забрал в рай. Но вот друг у меня всё-таки есть. Да, есть! И это самое главное.

Прошло очень много лет, и я не знаю, что сталось с друзьями-товарищами из моего двора, а если знаю, то совсем мало о том, где они и живы ли. Но я помню имена и лица ребят, живших в моём дворе в далёкие пятидесятые, когда складывался мой характер, когда я вылуплялся из скорлупы детства и уходил в люди. Покуда я есть, все эти мальчики и девочки живут в моей памяти, такие же весёлые, озорные и счастливые, какими я их знал. А я очень надеюсь, что живу в их памяти таким, каким был в те далёкие годы, которые ушли в историю вместе с той страной, которой уже нет.

Дети — цветы жизни

Он нехотя проснулся и повертел глазками, как смешная кукла, что сидела на стуле у буфета. Когда её брали в руки и встряхивали, она смешно в разнобой двигала глазами, моргала длинными ресницами и от этого выглядела то красавицей, то уродливой дурочкой. Он попробовал потянуться, но пелёнки сковывали тельце, как доспехи древних рыцарей, и не давали возможности двинуться.

— Нет, — подумал он, — в материнской утробе было лучше. Можно было беззаботно плавать и сколько угодно играть, постукивая ручками и ножками по внутренностям.

Ах, как он любил делать это по ночам, не давая матери ни минуты покоя. От неудобства он закряхтел и… обделался. Почувствовав запах, подоспела горничная. Она распеленала его и подмыла, отчего он почувствовал холод, и мурашки побежали по всему его маленькому тельцу, заставляя сердиться на всех и на всё. Посмотрев на служанку долгим злым взглядом, он отметил в своей головке с ещё не до конца зажившим родничком, что отомстит ей за медлительность и за то, что мёрз по её вине, когда придёт время. Женщина, запеленав малыша «солдатиком» — что также отольётся ей в будущем, подумал он, — отнесла его в спальню к матери. Кормили его по часам, а не тогда, когда ему хотелось, — он этого не любил. Ему это не нравилось, и он смотрел на мать и служанку с негодованием, но ничего не мог поделать, а посему стоически сносил это, мягко говоря, неудобство, изредка пуская слезу. Но это только пока, придёт время, и отольются вам мои слёзы! Мать прикладывала его к тёплой груди своей, и он, вцепившись в мягкую плоть острыми ноготками, с остервенением голодного мужика всасывал в себя живительную сладковатую влагу. Он глотал молоко и при этом осматривал комнату. На трельяже в беспорядке валялись ювелирные украшения матери, стул стоял не на своём месте, кот Мефодий сидел на подоконнике, но не с той стороны, что вчера вечером, на листьях фикуса была пыль, тапочки отца валялись посреди комнаты…

«Бардак, — подумал он, слегка картавя. — Вот погодите, дайте подрасти, я и с вами разберусь», — он отрыгнул, слегка переев. Мать немного поиграла с его белокурыми локонами и отдала малыша прислуге, а та отнесла его в детскую и уложила в кроватку, распеленав ручки и подвесив над ним нитку с погремушками. Боже! Как он ненавидел эти цветные шарики, издававшие шум и вызывавшие головную боль. Вместо этих идиотских игрушек ему хотелось поиграть с настоящими бомбочками, как его старший брат, но ещё не время, а вот когда оно придёт, вам всем мало не покажется, — злобно мечтал малыш и пускал слюни. И с этой приятной многообещающей мыслью он погрузился в мягкий пушистый сон… Снилась ему Россия без царя, борьба за власть с меньшевиками, диктатура пролетариата, памятники Марксу, Энгельсу и ему самому на главных площадях городов и счастливые толпы людей, идущие на заводы и фабрики по широким проспектам, даже ночью освещённым солнцем… Вдруг вместо его портретов с Марксом и Энгельсом на стенах начал появляться лик усатого человека со странной ухмылкой на губах. Он вздрогнул и, проснувшись, наделал в подгузник. Почувствовав запах, горничная подумала: «Маленький, а воняет, как взрослый мужик, что объелся кислой капусты».

Она подошла, распеленала, подмыла младенца и, оставив голенького в кроватке, пусть, мол, тельце подышит, отошла в столовую. Белокурый мальчик сучил ножками и недовольно бил ручонками по погремушкам. Он был зол.

«Треклятая дура, — грассировал он, — никогда не знает, что мне нужно и чего я хочу. Ну, погодите! Дайте время, и я научу вас, буржуазию, жить!»

Вернувшись, служанка завернула его в простынку и отнесла в столовую, где к обеду собиралась вся семья. Братья и сестра гладили его по животику и гугукали с ним, а ему было не до них — он думал о светлом будущем, но не для этого господского отребья, а для рабочих и крестьян. Он мечтал о будущем, ещё довольно далёком, видимом только ему одному. В его воспалённом мозгу оно вставало кровавой зарёй над царской Россией, и он знал, что никто в мире не способен будет отвратить его деяний, что грядут. Тех великих дел, что заставят содрогнуться всю землю. Он напрягся изо всех сил и… испортил воздух да так, что отец вынул салфетку из-за воротничка, в сердцах бросил её на стол и, только сказав: «Н-да…» — вышел из столовой.

А малыш думал: «Вот сейчас почитать бы Маркса».

Но он был покуда безграмотен.

Когда ему исполнился годик, он пошёл, а первое слово, которое он произнёс, слегка картавя, было «Р-е-в-о-л-ю-ц-и-я». В сорок семь он нагадил всему миру, перевернув его с ног на голову…

Барак № 6

Было лето тысяча девятьсот шестьдесят второго года. Курт Янис сидел на травянистом склоне над горной рекой и курил трубку, лениво потягивая пиво из бутылки. Начало июня в этой части немецкой Силезии выдалось необычайно жарким. Во всём чувствовалась лень: лениво шевелилась трава, лениво ползли белые облака по светло-голубому небу, кроны деревьев лениво поскрипывали ветвями и шуршали листвой. Птицы попрятались от зноя, дожидаясь заката солнца. Ополоснув лицо и шею тепловатой водой из нагревшейся от жары фляжки, что принесло небольшое облегчение, Курт привалился спиной к дереву и, сдвинув тирольку с пёрышком на нос, задремал…

…Он любил приходить сюда отдохнуть. Услышав гром взрыва в каменоломне, расположенной в двух километрах отсюда, он посмотрел на часы, легко встал, отряхнул форму и зашагал в сторону трудового лагеря для подростков от десяти до шестнадцати лет. Назывался этот строго секретный объект «Юность», а девиз над воротами гласил «ВЫЖИВАЕТ СИЛЬНЕЙШИЙ». Майор СС Янис был комендантом этого лагеря, персонал которого состоял из двух взводов охраны и эсэсовок рангом не ниже ефрейтора.

Территория лагеря, раскинувшаяся в горах над быстрой горной рекой и окружённая двойным забором из колючей проволоки под током, представляла собой пятиугольник с вышкой наблюдения на каждом углу и воротами с южной и северной стороны. В этом адском пятиугольнике находились десять бараков для заключённых, на пятьдесят человек каждый, отдельно стоявшая кухня и двухэтажное здание комендатуры с кабинетом Яниса и канцелярией на втором этаже, медицинской частью на первом и подвалом, где проводились какие-то эксперименты. Оттуда, из этого подвала, исходил запах химикатов, а по ночам доносились сдавленные крики заключённых. Дети, выбранные для экспериментов, никогда не возвращались обратно в бараки. Этих ребят живыми больше никто никогда не видел. За забором, недалеко от южных ворот, выстроились в ряд пять деревянных коттеджей для обслуживающего персонала, казарма охраны и дом, где проживал комендант.

Распорядок дня был расписан по минутам. Подъём в четыре тридцать, завтрак в пять ноль-ноль, работа в каменоломне с шести тридцати до девятнадцати тридцати, обед в двадцать ноль-ноль, отбой в двадцать один тридцать. Выходной день в каждое второе воскресенье месяца. Перекличка четыре раза в день. В этом лагере никого не травили в газовых камерах и не сжигали в крематории. Ни того ни другого в лагере не было. Тела умерших от истощения, погибших в каменоломне и расстрелянных заключённые сами укладывали на телеги и, прокатив этот страшный транспорт между рядов колючей проволоки к северным воротам, сбрасывали в находившийся за забором трёхметровой глубины котлован размером шестьсот на шестьсот метров. Останки заливали гашённой известью, а через два дня насыпали очень толстый слой земли и сверху высаживали кустарник. С высоты птичьего полёта это место выглядело, как зона озеленения. Единственная дорога из утрамбованной щебёнки, вилявшая в горной расщелине, подходила к воротам лагеря с юга.

Ни карцера, ни телесных наказаний здесь не существовало, правда, охранники раз-другой могли ударить подростка плетью, но дети принимали это, как поощрение. Любое нарушение дисциплины или порядка каралось расстрелом во время вечерней переклички. Приводил в исполнение эту меру наказания только один офицер—Курт Янис. Нарушитель вставал на колени лицом к заключённым, и комендант убивал ребёнка выстрелом в затылок из своего «Люгера».

Лагерь этот был создан по личной директиве рейхсфюрера СС Гиммлера с одной единственной целью—вычислить процент выживания мальчиков, занятых на тяжёлых работах в каменоломнях. Существовало ещё одно важное правило, о котором мальчики не знали,—дети, достигшие шестнадцатилетнего возраста, не освобождались от заключения, а переводились в обычный трудовой лагерь. Концлагерь «Юность» существовал уже целый год, но никто из ребят не доживал до шестнадцати лет. Состав заключённых был интернациональным, среди них даже были евреи и цыгане.

В бараке № 6, стоявшем примерно в середине шеренги деревянных строений, на десятое июня тысяча девятьсот сорок третьего года проживали тридцать три подростка. Пополнение прибывало в конце каждого месяца, а обед доставлялся в барак из расчёта на пятьдесят душ так, что почти три недели до конца июня подростки будут получать лишнюю пайку. Пища—это сила, которую мальчики теряли с каждым днём всё больше и больше. Население шестого барака почти целиком состояло из украинцев и поляков, было ещё два чеха, три румына и один еврей. Звали этого мальчика Эмиль, и было ему тринадцать лет. Жил он в этом бараке с января сорок второго года. За первый год население Конуры № 6, как его с первого дня прозвали ребята, поменялось полностью, остался в живых только тщедушный маленький Миля. У Рыжика, так его звали ребята за цвет волос, бровей и веснушек, густо усыпавших лицо, были удивительные серые глаза, взгляд которых не выдерживал никто. Милька часто подолгу глядел в небо и что-то тихо шептал, как будто разговаривал с кем-то там, высоко за облаками. Ребята слышали, как одна надзирательница говорила другой, показывая пальцем на Эмиля, что у него на глазах убили всю семью — мать, отца и трёх сестёр.

Обитатели барака № 6 не переставали удивляться, каким образом этот маленький, тщедушный даже по лагерным меркам мальчик, работавший наравне со всеми, всё ещё был жив. Когда его спрашивали, откуда он берёт силы, он поднимал глаза к небу и отвечал: «Оттуда». Ребята только посмеивались — все они давно потеряли веру в Бога.

Самым близким, по воле судьбы, стал для Мильки поляк Вацек. Был этот паренёк на голову выше всех подростков и, конечно же, сильнее всех, за что комендант лагеря назначил его старостой барака. Он командовал пацанами и наказывал их за мелкие нарушения. Делал он это обычно ударом по зубам, но бил совсем не сильно. Эмиля он называл жидёнышем и регулярно пользовался кулаком, как орудием воспитания еврея. Однажды, работая в каменоломне, Вацек допустил смертельную ошибку — таская камни, он, оступившись, подвернул ногу и присел минут на пять переждать, покуда не пройдёт сильная боль. Заметив это, надзирательница приказала ему немедленно продолжить работу, подкрепив свой приказ ударом кнута. Мальчик поднялся и, превозмогая боль, вернулся к своей работе. По возвращении в лагерь Толстая Эльза, так прозвали эту стерву мальчики, доложила коменданту о происшествии. На вечерней перекличке майор Янис, как обычно, обходил шеренгу заключённых, построенную перед бараками. Ребята из шестого слышали, как комендант два раза использовал свой «Люгер» у первого барака, и ещё один выстрел раздался у барака № 4. У строения номер пять пистолет оставался в кобуре.

Майор медленно подошёл к бараку № 6 и остановился перед строем. Поковыряв носком сапога землю, он вызвал из строя Вацека. Внимательно посмотрел на него и приказал встать на колени лицом к заключённым. Мальчик исполнил приказ и, опустившись на колени, бросил взгляд на Милю, стоявшего прямо напротив коменданта, как бы прощаясь с ним. Рыжик поднял глаза к вечернему усыпанному звёздами небу, а потом глянул на Яниса и, поймав его взгляд, стал пристально смотреть в глаза эсэсовца. Наступила тишина. Даже ветер поутих, как бы спрятавшись за густыми кустами, что росли за территорией лагеря вдоль колючей проволоки. Глаза всех стоявших на плацу уставились на руку коменданта, в которой он сжимал чёрный «Люгер», направленный на затылок паренька. Сам же майор не мог понять, что с ним происходит. Вместо того чтобы нажать курок и проследовать к другому бараку, он стоял, как окаменевший, и не мог пошевелиться. Взгляд огромных глаз мальчика, стоявшего напротив эсэсовца, сковал его волю и мозг. Это продолжалось не более минуты, но Янису показалось, что прошла вечность. Он неожиданно приказал Вацеку встать в строй, а старостам развести заключённых по баракам. Ребята молча разошлись. Когда принесли обед, к еде в бараке № 6 никто не притронулся.

Миля лежал на верхних нарах и, не мигая, смотрел в потолок. Вацек подошёл к мальчику, лежавшему под местом Рыжика, и попросил его поменяться с ним местами. Разложил свою постель под Милькиным местом, лёг на бок и затих. С того дня никто не слышал от Вацека слово «жидёныш».

Прошёл год. Дети продолжали умирать от обвалов камней в каменоломне и от истощения, но пистолет эсэсовца молчал. Майор Янис замкнулся в себе, перестал с кем-либо общаться, если того не требовала служба, а по вечерам, вместо любимых им произведений Вагнера, из окон его спальни доносилась музыка Баха и Генделя. Ребята из барака № 6 не задавали вопросов, когда видели, как Рыжик после отбоя подходил к окну и долго смотрел то на звёзды, то на дом коменданта лагеря. Всем было ясно, что какая-то невидимая нить связывала мальчика с небом, но задавать ему вопросы никто не решался.

В один промозглый ноябрьский день тысяча девятьсот сорок четвёртого года Эмиль неожиданно сказал Вацеку, что в ближайшую субботу он уйдёт из лагеря, и предложил пареньку идти с ним. Вацек спросил у Рыжика, как он собирается бежать из зоны и куда, на что Миля ответил:

—Ты мне только скажи: ты идёшь со мной или нет, а об остальном не беспокойся.

Сам не зная почему, Вацек в ответ кивнул головой.

В субботу, в десять часов вечера, когда лагерь затих, Эмиль тихо сказал Вацеку:

—Пошли.

Надев арестантские куртки и полосатые шапочки, напоминавшие ермолки, они выскользнули из барака и направились к южным воротам. Плац был пуст — только четыре человека охраны и наряд часовых на вышках с прожекторами, лучи которых гуляли по всей территории лагеря. Миля подошёл к охраннику и приказал открыть ворота. Охранник подчинился и распахнул зловещие створки. Беглецы вышли за ограду, а стража, закрыв ворота, продолжала наблюдать за территорией лагеря. Вацек не мог прийти в себя от изумления. Рыжик оглянулся на ворота, и беглецы уверенно направились к дому коменданта.

Входная дверь была не заперта, и, открыв её, мальчики вошли в прихожую. Со второго этажа слышалась музыка — это был Бранденбургский концерт Баха. Со словами: «Подожди меня здесь», — Эмиль поднялся по лестнице и исчез в полутьме. Страх и любопытство заставили Вацека последовать за Рыжиком, но вдруг он остановился, затаившись за не полностью прикрытой дверью, наблюдая за тем, что происходит в спальне. Миля стоял в середине комнаты и пристально смотрел в глаза коменданта, а тот, сидя в кресле с бокалом вина в руке, как заворожённый, периодически кивал головой в знак согласия, не в силах оторвать взгляд от огромных глаз мальчика. Всё это продолжалось не более пяти минут, затем паренёк подошёл к майору и, взяв с ночного столика пистолет, что-то прошептал ему на ухо. Яцек услышал только обрывок фразы:

— …придёт время, и ты заплатишь за всё.

Покинув дом коменданта, ребята зашагали по дороге на юг…

…Очнулся Курт Янис от чувства, что кто-то пристально на него смотрит. Он встал, обернулся и увидел мужчину среднего роста с лысеющей головой и седеющими висками. На вид ему было лет тридцать, тридцать пять. Курт вгляделся в лицо незнакомца, чувствуя, что где-то его видел. Но где? А человек медленно подошёл к Курту, пожевал губами и спросил:

— Ты помнишь, что я сказал тебе в ту ноябрьскую ночь сорок четвёртого? Если нет, я напомню. А сказал я тебе, что война скоро кончится, и если ты останешься жив, в чём я почти уверен, ты заплатишь за всё! — Эмиль осмотрелся вокруг, подумал о чём-то и продолжил: — Вот, что ещё я хочу тебе сказать. Там, в лагере, я был Ангелом Жизни, спасая всех, кого только мог, а сейчас я — Ангел Смерти. Семь долгих лет я потратил на то, чтобы найти тебя. Исколесил всю Европу и узнав, что ты поменял имя и работаешь школьным учителем химии, в конце концов нашёл тебя здесь, чего меньше всего ожидал, — снова пожевав губами, Рыжик достал из кармана чёрный «Люгер». — Помнишь эту вещицу? Можешь быть спокоен, я позаботился о твоём пистолете, он работает безотказно так же, как двадцать лет назад. Я проверил на Толстой Эльзе.

По спине коменданта струился холодный пот.

— Ну а теперь, — сказал Миля удивительно спокойным тоном, — пойдём к реке.

Как и в тот вечер осенью сорок четвёртого, Курта как будто парализовало, какие-то неведомые силы сковали его тело. Бывший кадровый офицер, он собрал всю свою волю для рукопашной схватки… Он увидел глаза этого человека, и его обдало холодом — в них был лёд. «Ты заплатишь за всё!» — стучало в мозгу. Выполняя приказ, он безвольно побрёл к обрыву. Бурный поток нёс свои воды метрах в десяти под ними. Эмиль приказал окаменевшему, как тогда на плацу, эсэсовцу встать на колени лицом к воде. Янис исполнил приказ. Обильные слёзы текли по щекам, выбритым до синевы. Чуда он не ожидал… Из-за шума воды выстрела никто не услышал. Тело Курта рухнуло в воду и быстро исчезло между валунов. За Янисом в воду последовал и чёрный «Люгер».

Эмиль пошёл в сторону небольшой рощицы, расположенной в двух километрах от реки. Он остановился на опушке у мемориальной доски с надписью «ЗДЕСЬ С ЯНВАРЯ 1942 ГОДА ПО ДЕКАБРЬ 1944 ГОДА БЫЛ РАСПОЛОЖЕН ДЕТСКИЙ КОНЦЕНТРАЦИОННЫЙ ЛАГЕРЬ СМЕРТИ „ЮНОСТЬ“»… На постаменте лежали свежие цветы. Присев на стоявшую рядом скамейку, он долго смотрел на то место, где когда-то была братская могила, а теперь бушевало море красных маков… Потом тяжело поднялся со скамьи, воздел руки со сжатыми кулаками к небу и, устремив взгляд огромных серых глаз к облакам, что-то прошептал…

Никто его не услышал.

Непослушная жизнь

В небольшом городке, затерянном в бескрайних просторах степей, солнечным весенним утром умирал человек. В комнате, обставленной с крикливой небрежностью, на постели, застланной посеревшим от времени бельём, лежал крупный мужчина. На вид ему можно было дать лет шестьдесят или около того. Лоб его казался высоким из-за лысины и чрезмерно широким от поседевших да поредевших висков, бывших когда-то тёмными и густыми. Он был небрит, и щетина серо-рыжего цвета, покрывавшая лицо его, производила впечатление крайней неопрятности. Да и весь вид его наполовину уже умершего тела, лежавшего на кровати неестественно прямо, давал повод говорить о нём, как о человеке, уходящем в небытие. Вот только глаза, пристально глядящие из-под густых бровей, не тронутых сединой, наводили на мысль, что этот физически одряхлевший донельзя человек ещё жив и мозг его работает. Морщинки, собравшиеся щепоткой в уголках глаз и рта, говорили о том, что когда-то он много смеялся, будучи натурой доброй и весёлой.

Сейчас, на пороге могилы, он внимательно следил за лучиком солнца, медленно скользящем по потолку и освещавшем то бугорок, то вмятинку, то пятнышко. Он продолжал следить глазами за яркой полоской, как будто оставляемой солнечным карандашом на белёном потолке. Солнечный зайчик дополз до противоположной стены и начал спускаться по ней вниз, а человек всё смотрел и смотрел на видимую одному ему полоску света на потолке, силясь втиснуть в неё, как в какие-то рамки, всю свою жизнь.

Непослушная жизнь его прыгала через дорожку или тянулась рядом с ней. Лишь изредка линия жизни попадала в полосу света, и сразу же в глазах человека появлялись яркие светляки. В эти мгновения он вспоминал женщину, ту единственную, к которой питал беспредельную нежность. Но вот жизнь опять делала зигзаг, и глаза его темнели да наливались ненавистью — неукротимым желанием соединить свой жизненный путь с солнечной дорожкой…

От сильного напряжения он на короткое время терял сознание, но через мгновение приходил в себя, и в глазах его снова появлялись искорки. Они сливались, превращаясь в огоньки, и сквозь них человек видел себя в любимом им городе, среди друзей, рядом со своей любимой. Это была прекрасная пора ожидания чего-то большого. Тогда, давно, пора эта казалась немыслимо долгой и трудной. Теперь же он знал, что это было счастливейшим временем его жизни — ожиданием неизвестного и таинственного. Большие надежды возлагал он на будущее. Он знал, что тот шаг, на который он никак не мог решиться, был единственным возможным выходом в Свободу. Выходом из той жизни, которую, по иронии судьбы, он одинаково любил и ненавидел. Любил за женщину, за родных и друзей, за природу, потрясающую своей простотой и неброскостью. Ненавидел за путы, за нелепый диктат никчёмных людей, скрывавших под маской осчастливливания всех и вся грубое лицо хамства, стяжательства и лицемерия…

Но вот светлая полоска, резко повернув, пошла вниз по стене, и как он ни силился изменить её траекторию, всё сошло на нет. Взгляд человека в последний раз скользнул по стене… солнечный зайчик на мгновение замер и… исчез, растворившись в его глазах со щепоткой морщин, зажатых в уголках…

Через несколько дней люди, привыкшие видеть его на лавочке под старым деревом, росшим возле дома, обеспокоенные его отсутствием, вошли к нему в комнату…

Он лежал на кровати с ужасающим спокойствием и безразличием умершего человека. Глаза его были широко распахнуты, а застывший взгляд был устремлён в потолок, на котором сиял солнечный зайчик, и казалось, что свет исходит из его даже в смерти ласковых и добрых глаз.

За гробом его не шёл никто, лишь солнце освещало дорогу к кладбищу. Солнце первого года двадцать первого века.

Орден Красной Звезды

Отцу моей жены

Ночь. Луна светит так, что просматривается каждый кустик на расстоянии ста метров. Мороз под тридцать, но без ветра, так что жить можно. На бровях иней, из носа течёт, и он «склеивается» при каждом вдохе. Снег на бруствере окопа искрится и переливается всеми цветами радуги, с него просто картину писать, но сейчас не до этого — сейчас мы воюем. Да, совсем забыл представиться, зовут меня Саша Вахлер, мне девятнадцать лет. Родом я из Балты, что в Украине. Там сейчас, в ноябре сорок первого, не очень холодно, не то что здесь.

Пятая рота лейтенанта Иванова окопалась на околице деревни Глухово в двадцати километрах от западной окраины Москвы. Рота наша прибыла на позиции две недели тому назад. Два дня рыли окопы и готовили площадки для орудий. Мёрзлая земля поддавалась с трудом, но поработали мы на славу и вот теперь вросли в эту землю на высотке двести десять и обороняемся из последних сил. От нашей роты в наличии тридцать семь человек. Окопы длиной метров в триста. Другими словами, один боец на девять метров, прямо скажу — не густо. Осталось два противотанковых ружья и одно орудие. Было восемь пушек, а вот теперь одна. Снарядов пять ящиков — всего ничего, а при орудии раненный старший сержант Есимжанов да рядовой Борька Ласточкин, хмурый парень родом из Ленинграда. Остальные

121

орудия превратили в метал немецкие батареи, а расчёты все до одного полегли.

Мороз крепчает. Холод забирается под шинель и шапку, хорошо ещё нам выдали валенки, а то бы ноги поморозили. Время около восьми вечера, из деревни к окопу подползла телега, запряжённая полудохлой лошадёнкой, и два солдата притащили три фляги с горячей едой. Это сейчас очень кстати. Старшина Фенькин, согнувшись, пробирается по окопу, наливая каждому солдату по сто грамм спирта «для сугреву». Выпили спирт, поели горячих щей да каши, внутри приятно потеплело, и захотелось спать. Во сне вижу свой дом и сад с яблонями и грушами, залезаю на дерево и высматриваю, какое яблоко сорвать, вижу одно большое, сочное, тянусь за ним, но вдруг ветка обломилась, я лечу вниз головой и… просыпаюсь. Надо мной склонился старшина, трясёт за плечо и тихо говорит, что меня вызывает лейтенант. Бегом в блиндаж, здесь теплее, трещат дрова в буржуйке, коптят два светильника из стрелянных гильз сорок пятого калибра. За столом, сооружённом из ящиков, склонив головы, сидят лейтенант Иванов и комбат Серёгин, в тёмном углу притулились два бойца, но кто — не вижу, в глубине блиндажа колдует над рацией мой дружок Юрка Шутов. Доложился о прибытии, стою жду. Греюсь. Через минуту ко мне поворачивается комбат и простуженным хриплым голосом говорит:

— Слушай, Вахлер, ты по национальности еврей и говоришь на идише, а это значит ты должен понимать по-немецки. Так или нет?

— Так точно, — отвечаю по уставу и жду, что будет дальше.

Подзывает он тех двоих бойцов к столу, на котором разложена карта, и ставит задачу мне и близнецам Шота и Гиви Ломидзе, которых я узнал, когда они, вынырнув из темноты, подошли ближе.

— Надлежит вам троим сегодня ночью перейти линию фронта, спрятаться в лесочке справа от позиции фашистов и разведать количество солдат, артиллерии и танков у немчуры. Через сутки, в двадцать четыре ноль-ноль, рота Иванова откроет огонь, чтобы отвлечь внимание врага на себя, что даст нам возможность вернуться на свои позиции.

Для Гиви и Шоты это было не в новинку, они прошли Финскую войну, а я, честно говоря, струхнул. Лейтенант приказал старшине выдать нам сухой паёк, спирт, бинокли, маскхалаты и пояснил:

— Через час полковая артиллерия постреляет чуток, чтобы отвлечь немцев, ну а вам — с богом.

Вышли мы из блиндажа и потянулись за старшиной, а лейтенант бросил вслед:

— Гиви за старшего.

В двадцать один тридцать мы были готовы и, усевшись на дно окопа, стали ждать команды. Артобстрел начался ровно в двадцать два часа. Прожектора осветили позиции немцев, и там началась настоящая суматоха. Фашисты в сорок первом по ночам не воевали — отдыхали, гниды, от трудов неправедных, а потому взбудоражились не на шутку. В двадцать два сорок пять подошёл к нам комбат, похлопал меня по плечу и произнёс:

— Лиха беда начало, — и тихо скомандовал: — Группа, вперёд.

Выбрались мы из окопа на самом северном его окончании и направились короткими перебежками к лесу, что находился в пятистах метрах от наших позиций. Артобстрел прекратился так же внезапно, как и начался.

К часу ночи мы залегли примерно в ста метрах от левого фланга немцев. Гиви дал установку:

— Шота, проберись на дальний конец окопов, посчитай живую силу и технику на правом фланге фашистов. Я поползу с левой стороны метров на двести позади окопов, а ты, Саша, подползи как можно ближе к землянке и послушай, о чём там офицеры говорят. Собираемся здесь к шести ноль-ноль.

Братья быстро поползли в разные стороны и скоро исчезли из поля зрения, а я взял бинокль и стал просматривать возможные подходы к землянке. По небу ползли облака, раз за разом закрывая луну, и тогда вокруг становилось темно. Выбрал я такой момент, прополз метров сорок в сторону окопа и залёг, ожидая темноты. Ждать пришлось недолго, с востока надвинулась гряда туч, и всё вокруг погрузилось во мрак. Подполз я почти вплотную к окопу и, увидав глубокую воронку прямо напротив блиндажа, нырнул в неё и замер. Минут через десять, осмотревшись, я заметил, что это были две воронки с небольшим бугорком между ними, а ещё говорят, что снаряд в одно и то же место два раза не попадает. Пролежал я так часа полтора и, кроме немецкой брани мёрзнущих часовых, ничего не услышал. Пунктуальный народ немцы — ночью спят, суки.

Часа в три ночи кто-то поднялся на край окопа, что был в метре от воронки, и стал мочиться на снег, мурлыча при этом какую-то песенку о хохотушке Мари. Струя поливала мои белые бахилы, а я матерился про себя на чём свет стоит. Когда фашист спрыгнул в окоп и ушёл в землянку, я подумал: ведь гад меня не заметил, а это значит, что если кто-то ещё решит отлить в воронку, я могу схватить его за ноги, стянуть вниз и оглушить. О последствиях и опасности я не думал, кто вообще думает о последствиях своих деяний в девятнадцать. Я тихо подтянулся к верхней кромке воронки и замер в ожидании.

Около четырёх утра послышался шорох, и над воронкой выросла фигура офицера в накинутой на плечи шинели. Он был невысокого роста, а самое главное — он был без портупеи, а значит без оружия. Справлял он нужду довольно долго, а когда, опустив голову, стал застёгивать ширинку, я что было силы рванул его за ноги. Немец, потеряв равновесие, упал головой вперёд, а я, зажав ему рот левой рукой, приставил финку к шее правой и шепнул на идише, что если он пикнет, то ему конец. Мелькнула мысль, что он не поймёт меня, но фриц всё понял и, выпучив светло-серые глаза, только кивнул головой в знак согласия. Драться я умел с детства, когда «стыкались стенка на стенку» или двор на двор, что очень мне сейчас пригодилось. Забив ему кляп в рот и связав руки за спиной, выволок его из воронки и, сказав, опять же, на идише, что ежели он будет молчать, то останется жив, потащил его за воротник шинели в сторону перелеска. Пошёл снег, чему я был несказанно рад. К пяти утра дотащился я с уловом до условленного места, а в немецких окопах к этому времени поднялся переполох. Солдаты бегали туда-сюда, всё поле перед окопами осветили прожекторами, но сообразить, что надо бы поискать в близлежащем леске, не допёрли — вероятно, не ожидали такой наглости от русских.

Через полчаса всё стихло, а к шести тридцати вернулись Гиви и Шота. Они поведали, что из-за облаков и снега не смогли хорошенько подсчитать солдат и технику, но когда у немцев начался переполох и они включили прожекторы и повесили осветительные ракеты, то всё стало видно, как на ладони. Тут Шота заметил что-то метрах в двадцати у дерева, и было направился туда, но я остановил его и, задыхаясь от гордости, рассказал ребятам о своих «приключениях».

Весь день мы просидели в перелеске, присыпав немца снежком, периодически давая ему глоток спирта, чтобы он не замёрз. Как стемнело, мы потихоньку направились к опушке и там, окопавшись, стали ожидать ночи. Всё шло по плану. Ещё пару часов, и мы поползём к своим окопам… Но случилось непредвиденное — в двадцать три тридцать немцы начали артиллеристскую подготовку и после неё пошли в атаку. Вот тебе и не воюют гады по ночам. Бой продолжался до утра. Уже светало, когда наши танки атаковали фашистов с флангов и отогнали их на прежние позиции. Под прикрытием танковой атаки мы подползли к нашим позициям и, затащив добычу в окоп, пригнувшись, пошли в сторону землянки, но подойдя ближе увидели большую воронку с переломанными брёвнами. Неподалёку послышались приглушённые голоса, и мы ринулись туда. У развороченного орудия сидели лейтенант Иванов, старшина Фенькин и ещё пять солдат — это всё, что осталось от нашей пятой роты. Левая рука и голова лейтенанта были кое-как перевязаны. Он сидел на пустом ящике от снарядов и дымил самокруткой. Гиви доложил о результатах разведки и добавил, что я взял языка — офицера в звании майора.

Старшина приказал строиться и по форме доложил лейтенанту о наличии состава пятой роты, способного к боевым действиям на данный момент: девять человек. Командир роты поблагодарил всех за службу и приказал Фенькину включить нас троих в наградной лист. Вскоре прикатил комбат и приказал отходить на новые позиции за деревней, а меня и языка усадил в свою эмку и повёз в штаб дивизии. Через два дня я был направлен в офицерскую школу, а через три месяца, в звании младшего лейтенанта, я принял командование разведвзвода артиллеристского полка…

Перед самым концом войны, в феврале сорок пятого, в Венгрии, командуя ротой разведчиков, я получил тяжёлое ранение в голову и провалялся в госпитале два месяца. В свой полк я уже не вернулся, а через месяц был демобилизован по ранению. Возвращаясь домой, я остановился погостить у старшего брата в столице, где и узнал, что наши родители погибли во время немецкой оккупации… Пройдя путь от Москвы до Будапешта, я дослужился до звания старшего лейтенанта и был награждён многими орденами и медалями.

В августе сорок пятого вызвали меня в районный военкомат. Пришёл я к девяти утра и постучал в кабинет военкома. Был он в звании подполковника, ещё молодой человек с наполовину седой головой. Он крепко пожал мне руку и вручил коробочку, в которой лежал Орден Красной Звезды. Из его рассказа я узнал, что лейтенант Иванов представил меня к награде за языка, взятого в боях под Москвой в сорок первом. Сам он погиб через три дня после того, как я был откомандирован в офицерскую школу.

Вот так мой первый и самый дорогой мне орден нашёл меня в год Победы.

Мансарда

Брр... Ноябрь в Париже время препротивнейшее. Дождь день через день. Холодно и влажно. Даже район Монмартра, весной и летом такой уютный и по-домашнему тёплый, теперь весь какой-то промозгло-серый. Отсюда, с пригорка у Собора, виден утопающий в сизой дымке город-сказка. Париж оплакивает себя струйками дождя, как может плакать только одинокая старушка, уже никому не нужная и всеми позабытая. Город накрыла эпидемия гриппа, болезни особенно опасной для людей пожилых с разными старческими болячками. С эпидемией борется весь мир, но пока без особого успеха. Борется Франция, борется Париж, борется Монмартр, каждый день отдавая Богу жизни ни в чём не повинных людей. Никто не знает, когда кончится эта напасть и кончится ли она вообще. А покуда мир расплачивается жизнью стариков за грехи и амбиции людей, куда более молодых.

Мансарда моя расположилась над шестым этажом одного из самых старых жилых домов на Монмартре. Купил я её давно, когда у меня были деньги. Здесь всё остаётся так же, как и было много лет тому назад: письменный стол и кресло с резными ножками, кресло-качалка с высокой спинкой, обшарпанный обеденный стол и четыре скрипучих стула, журнальный столик, диван, платяной шкаф, торшер и широкая кровать с ночными тумбочками и неказистыми лампами. Раньше я жил недалеко от Площади Победы, а здесь только работал. Теперь уже нет квартиры, и живу я в этой старой мансарде, украшенной картинами Николая Куршева и полотнами местных художников. Над камином две фотографии—женщина в лёгком летнем платье и моя собака в очках...

Да, совсем забыл представиться, зовут меня Игорь Георгиевич Климов—это мой писательский псевдоним, но обо всём по порядку. В семидесятые годы я был очень известен и популярен в Советском Союзе. Член Союза писателей, лауреат многих премий, я был обласкан руководством страны. У меня была кооперативная квартира на Маяковке, дача в Переделкино и бежевая «Волга» с противотуманными фарами. Сборники моих рассказов издавались большими тиражами, а пьесы ставились в лучших театрах страны. По моим сценариям были сняты три кинофильма. Моё кредо всегда было «ЗА», ну а мелкие «против» придавали мне эдакий лик борца за правду, что очень устраивало власть имущих. Я верил в то, что моя страна—это оплот мира и что мы уверенно смотрим в будущее. На застольях с друзьями в моём доме я спорил с пеной у рта, что трудности с товарами и продовольствием—это перебои временные, и всё вскоре наладится. Поглощая блины с красной икрой, я утверждал, что наш путь—это единственный правильный курс истории. После одного из таких диспутов от меня отвернулся мой лучший друг, посоветовав мне перечитать «Размышления у парадного подъезда». Через год за моим большим гостеприимным столом не осталось ни одного из близких мне людей. И вот тут в бой вступило моё самолюбие. Оно сказало мне: «Ты должен доказать им всем, что они не правы!» Я тогда ещё не понимал, что не прав может быть ОН или ОНА, но ОНИ — всегда правы.

Я зашёл к секретарю правления писателей СССР и попросился в творческую командировку в Афганистан, в зону военных действий, объяснив это тем, что я работаю над сценарием кинофильма о борьбе афганского народа за свободу. Пётр Иванович, так звали секретаря, сказал, что дело я задумал благое, и он похлопочет об этом. Через два месяца, получив документы и инструктаж, я отправился на военном самолёте в Афганистан. Ещё не приземлившись в Кабуле, я уже чувствовал себя героем и победителем в споре с моими, теперь уже бывшими, друзьями. Командировка моя должна была продлиться три недели, но вернулся я в Москву лишь через два месяца. Мой дипломат был набит дневниками и фотоплёнками. С места в карьер я взялся за работу над сценарием и через три месяца моя рукопись легла на стол шефа «Мосфильма». Месяц меня никто не беспокоил… а как-то вечером, по-моему, это была среда, раздался телефонный звонок. К красному модному аппарату подошла жена, внимательно выслушала человека на другом конце провода и, положив трубку, тихо сказала:

— Тебя завтра в десять утра ждут в КГБ. Пропуск для тебя будет заказан.

Я, с вполне объяснимой тревогой, в назначенное время пришёл в здание на Дзержинке. Разговор с человеком в штатском был вежливым и коротким. Говорил он, а я больше слушал и молчал. Да меня никто ни о чём и не спрашивал. Закончив свой монолог, полковник Малютин, так он представился, подписал мой пропуск и, не подав мне руки, попрощался. Через неделю меня пригласили к шефу «Мосфильма», где его секретарь известил меня о том, что мой контракт со студией расторгнут и возобновлён не будет. Сборники моих рассказов, как по мановению волшебной палочки, исчезли с полок книжных магазинов, а пьесы были запрещены. Писателя Игоря Георгиевича Климова более не существовало. Жена, которую мало интересовало моё творчество, но привлекали только блага и дары, шедшие в ногу с писателем-коммунистом Климовым, вдруг спросила, что я такое натворил, и попросила дать ей почитать рукопись сценария о войне в Афганистане, из-за которого, по её словам, и разгорелся весь сыр-бор. Прочитав рукопись, она выдала монолог намного более длинный, чем полковник в штатском. Она припомнила мне все грехи: и что я бездарь и пробился только благодаря её отцу, не последнему человеку в Моссовете, и что по моей вине у неё нет детей, и что из-за моего убожества распался круг друзей, и что она угробила свои лучшие годы на такое ничтожество, как я. В конце своего гневного монолога она с негодованием заявила, что писатель-коммунист не мог написать такой пасквиль о нашей великой родине, что мне не место в партии и, что… нам надо немедленно развестись. Как ни странно, я почувствовал облегчение и сказал, что не возражаю против развода, что подаю заявление в ОВИР о выезде из СССР и что до получения разрешения я буду жить здесь, в этой квартире, а она может на время переехать к маме. Она заплакала, а на следующий день, собрав кое-какие вещи, оставила меня одного в огромной четырёхкомнатной квартире с видом на памятник Маяковского. На следующий день мне доставили (под расписку) депешу о том, что я исключён из рядов КПСС и более не член Союза писателей.

Решение, куда ехать, пришло само собой. Париж— культурная столица мира, французский язык я знал довольно сносно, изучал его в школе и на литфаке МГУ. Написал я письмо послу Франции в СССР и сам же отнёс его, не доверяя почте, в посольство. Через три недели меня вызвали в ОВИР, попросили заполнить несколько анкет и сказав «ждите» попрощались. Примерно через месяц пришло уведомление, что мне разрешён выезд из Советского Союза, что мне дают десять дней на сборы и что мне разрешается взять с собой два чемодана, один дипломат и… собаку. Вот это было счастье! Мой любимый доберман Герд, двух лет, поедет со мной. При разводе мы с женой поделили имущество просто и по обоюдному согласию: она забирает квартиру со всем, что в ней есть, дачу, машину и гараж, и деньги, хранящиеся в сберкассе. Мне отходит тысяча рублей, небольшой счёт в Швейцарском банке (совершенно официально организованный папой жены, как разрешалось «слугам народа»), рукописи, печатную машинку, кое-что из одежды и… собаку. Чемоданы были упакованы, в дипломате лежали деньги, рукописи и паспорт на имя Исаака Гершевича Клигмана — моё настоящее имя, которое никак не подходило для советского писателя-коммуниста, впрочем, так же, как Вениамин Абелевич Зибер, который печатался под именем Вениамин Александрович Каверин, и как многие другие. Так в первый раз написанная мною правда о реальных событиях в Афганистане послужила поводом моего изгнания из Союза и полной переоценки жизни, которая теперь разделилась на «до» и «после» Афгана, на правду и ложь. Вот уж воистину, кому на Руси жить хорошо? Провожать меня в аэропорт не пришёл никто, даже близкие друзья, не простившие мне лжи моей «прежней писанины». Но я теперь точно знал, что, хорошенько обдумав «за жизнь», я напишу роман-правду, от которого содрогнётся весь мир.

Париж встретил писателя Игоря Климова тёплой весенней погодой. Представители властей быстро закончили бумажную канитель и под стрёкот кино- и фотокамер вручили мне паспорт французского гражданина, водительские права и кредитные карточки: золотую Американ-Экспресс и Визу. Лимузин отвёз меня в отель, расположенный в двух шагах от Елисейских Полей, и я был оставлен в покое до утра — в одиннадцать у меня была назначена встреча с чиновниками префектуры для подписания каких-то важных бумаг. А пока я переоделся в лёгкий костюм и выйдя из отеля направился к бульвару, название которого было известно во всём мире. Единственно, о чём я жалел в тот момент, это то, что мой пёсик должен был пройти недельный карантин и не мог сопровождать меня в этот чудесный вечер. Я медленно шёл по бульвару в сторону Триумфальной арки и разглядывал витрины магазинов и афиши. Садящееся солнце играло лучиками в кронах деревьев, люди заполняли кафе, разбросанные вдоль улицы, наслаждаясь ничегонеделанием. Я присел за столик, расположенный на краю тротуара, и заказал двойной эспрессо и бутылку минеральной воды. Сегодня пятница, думал я, но чиновники префектуры будут работать завтра в выходной из-за меня. Экий новоявленный Иван Бунин! Мне ещё надо доказать всему миру, что писатель Игорь Климов — это не пустой звон, а талант. Вот закончу на следующей неделе дела с оформлением контракта с одной из ведущих издательских компаний Парижа и примусь за свой роман, а покуда крепкий кофе, минералка, закат солнца, Париж…

Позавтракав в ресторане отеля, я вышел на улицу. Лимузин, припаркованный у тротуара, уже ожидал меня. Через три часа, закончив все дела в префектуре, я отпустил машину и направился к реке. Купив билет, я дождался речного трамвая и, поднявшись на борт, примостился на открытой палубе. Боже мой, я плыву по Сене и любуюсь Парижем—сон какой-то! В голове закрутились «Три мушкетёра», «Королева Марго»… Стройные ряды красивых зданий вдоль набережной, потрясающий Собор Парижской Богоматери и… не очень широкая с коричнево-грязной водой Сена. Я сошёл на берег у Эйфелевой башни и, простояв два с половиной часа в очереди, поднялся на смотровую площадку. Передо мной распростёрся великий город, который мне ещё предстояло покорить…

Поймав такси, я поехал в отель, но проезжая мимо парка с могилой Наполеона попросил шофёра остановиться минут на двадцать. Тот согласился и, достав из бумажного пакета багет с сыром, стал с удовольствием его уплетать, запивая минералкой «Перриер». По дороге в отель я всё время думал о могиле императора и как только ни старался, не мог понять замысел архитектора, создавшего эту непомерно тяжёлую глыбу то ли собора, то ли мавзолея с большим полупустым помещением внутри этого здания. Да и сам необычной формы саркофаг то ли висевший внутри пустоты, то ли провалившийся в огромную дыру, поражал своей тяжестью. Сам Наполеон—загадка для меня. Я прочитал множество исторических очерков и исследований об этом человеке, но до конца не понял ни одного вывода авторов. Кто был этот незаурядный человек? Гений, убийца, реформатор, защитник слабых и униженных, Гитлер или Сталин своего времени, удачливый авантюрист с руками по локоть в крови… не знаю. Вернувшись в отель, я пообедал в номере и, удобно устроившись в кресле, начал обдумывать план своей будущей книги.

Следующая неделя принесла хорошую новость: я подписал контракт с издательством, по которому был обязан предоставить рукопись своего романа для печати не позднее, чем через год. После подписания соглашения я получил аванс в виде чека на приличную сумму. Контракт был подписан в среду, а в четверг мне позвонил представитель фирмы «Метро Голдвин Маерс» и попросил о встрече. Мы встретились в одном из фешенебельных парижских ресторанов. За обедом Мистер Дорман предложил мне контракт на съёмки фильма об Афганской войне по сценарию, с которого началась вся история с моим «тихим» выдворением из СССР. Я не мог поверить своему счастью. Конечно же, по-настоящему талантливых авторов не так уж и много, но вот так всё сразу—это уж чересчур. Я тогда ещё не отдавал себе отчёта, что я—это маленькая частица в политической борьбе Востока и Запада, что я—сегодняшняя сенсация, о которой завтра (лучше бы послезавтра) все забудут. Но в этот момент я был полон надежд на успех. На следующей неделе я дал несколько интервью парижскому радио и телевидению, после чего меня начали узнавать на улицах и просили дать автограф, что я с удовольствием делал. В субботу утром Шарль, шофёр лимузина, который возил меня везде и всюду, привёз моего любимого Герда. Мою собаку, моего друга, члена моей маленькой семьи. Люди, у которых никогда не было собаки, меня не поймут, но поверьте моему слову—это было самое большое счастье в моей ещё такой короткой жизни в Париже. А она, эта жизнь, ещё только начиналась…

Прошёл месяц. Я закончил работу над сценарием кинофильма, и он был отдан в работу: перевод на английский и подбор актёров. С романом дело обстояло не так гладко—я закончил первые две главы и… застрял. План книги давно сложился у меня в голове, но главные герои никак не хотели вписываться в рамки задуманной мной истории. Закончив третью главу, я её порвал, в ней было больше выдумки, чем правды. Я решил прерваться на недельку (которая затянулась почти на месяц) и заняться поисками жилья—дорогой отель не самое лучшее место для творчества. Первым делом я приобрёл небольшой «Ситроен» и по объявлению в газете нанял маклера для поисков квартиры. Три потенциальных жилища были найдены относительно быстро, а выбор мой сразу же пал на квартиру, расположенную недалеко от площади Победы, на набережной Сены. Это была полностью меблированная пятикомнатная «берлога», напоминавшая мне квартиру моего дяди Аркадия в Риге. Зачем мне нужно было пять комнат, не знаю, но у меня были деньги и, по моим подсчётам, обеспеченное будущее, ко всему мой Герд сразу же облюбовал тёплый угол в спальне у высокого окна с балконом, выходящим на реку. У писателей даже собаки романтики. Как говорила моя тётя Маня, мой пёс поставил «опечётку», и вопрос с жильём был решён. Вот чего не хватало в этой огромной «келье», так это картин, и мы с собакелем, так я называл Герда, отправились на Монмартр. Купив пять произведений будущих Гогенов и Модильяни, я сел за столик в кафе, где подавали чудесные блины с чем душа пожелает. Пока готовились мои блины, я обратил внимание на объявление, лежащее на столике, о том, что недорого продаётся мансарда, и просьба звонить после восьми вечера. Наевшись вкусных блинов и не забыв, что Герд их тоже очень любит, я захватил листок с объявлением, и мы с пёсиком поехали домой. Вскоре стены моего жилища украсили полотна с Монмартра и картины Николая Куршева, которые я привёз из Союза. Годы назад я купил пейзаж его работы, увидав картину этого мастера на выставке работ молодых художников СССР. Она поразила меня своей пластичностью и яркой палитрой цветов. В моей коллекции уже двенадцать картин. В комнатах сразу стало как-то теплее и уютней.

Третья глава романа, которая называлась «На перепутье», не складывалась. Зато за время «моих мучений» я написал очерк о Париже, довольно высоко оценённый критикой, и пару неплохих рассказов. Съёмки фильма по моему сценарию уже начались, и я должен был лететь в Италию, где они проходили, для подгонки некоторых сцен. Всё шло довольно хорошо, а чёртов роман не получался — весь план книги трещал по швам.

Вернувшись из Италии, я позвонил по объявлению о квартире на Монмартре и договорился с брокером о встрече. Мансарда представляла из себя довольно большое помещение, состоящее из двух комнат, кухни и ванной. Она сразу же очаровала меня своим уютом, а запах напоминал комнату с печкой в двухэтажном бревенчатом доме в Сущёвском тупике недалеко от центра Москвы, в котором жила моя бабушка. Мы быстро договорились о цене, и через месяц эта мансарда стала моей рабочей квартирой. В этих старых комнатах обитало вдохновение. Работал я с утра до позднего вечера, частенько оставаясь здесь на ночь, что очень устраивало Герда — он не любил ездить на машине. Удивительное существо мой собакель — огромный и при этом ласковый, как котёнок, доберман. Находясь со мной в мансарде, он всегда был спокоен, знал своё место и не мешал мне работать, за исключением «зова природы». Ежели ему нужно было выйти, он подходил ко мне, водружал свою морду (хотелось бы сказать лицо, но он собака) на край стола, за которым я работал, и неотрывно смотрел на меня, при этом слегка поскуливая. У этого пса было больше интеллекта и такта, чем у половины моих знакомых. К декабрю я всё же закончил роман и, сдав рукопись в издательство, позволил себе неделю ничегонеделания. На носу был Новый год, мой самый любимый праздник, и я жил в ожидании чуда, как когда-то в детстве. Тридцать первого декабря я нарядил ёлку и положил под неё подарок для моего самого преданного друга, большую вкусно пахнущую кость, завёрнутую в блестящую бумагу с красным бантом. Мне было очень смешно смотреть, как Герд, разорвав обёртку, достал лакомую кость и ходил по комнатам, держа её в зубах, как бы говоря: «Смотри, что у меня есть». Когда-то мы встречали Новый год вдвоём с женой, а вот теперь нас было трое — Ёлка, Герд и я. Никакого чуда не произошло.

Мой роман получил престижную премию и был переведён на многие языки. Фильм об Афгане, на мой взгляд, не получился: он скорее походил на сильно ухудшенный вариант «Великолепной семёрки» — американские ковбои в советской военной форме и куча красивых женщин с ногами от шеи мотались по итальянским нагорьям, беспрерывно побеждая «духов». Одежда ковбоев всё время оставалась чистой, и они всегда были гладко выбриты, а дамы меняли одежды по меньшей мере три раза на день. Но, как говорится, бытие определяет сознание — подписав несколько очень хороших контрактов, я был финансово обеспечен на ближайшие десять лет. Мой лик продолжал появляться на радио и телевидении и даже сделал рекламу сигарет, которая принесла мне неплохие деньги.

В личной жизни дела шли не так удачно. Я сменил несколько любовниц, сказать правду, скорее, они сменили меня. Я писатель, а поэтому эгоистичен и, работая, забываю обо всём, включая «подруг», а это женщинам не очень нравится, точнее—очень не нравится. Так что вся моя личная жизнь замкнулась на вечерних прогулках по бульвару с моим преданным Гердом. Всё остальное время я работал. От одного знакомого журналиста, приехавшего из Союза, я узнал, что моя жена вышла замуж за одного из лидеров «Перестройки» и теперь вместе с мужем занимается политикой, возглавляя секцию какой-то новой партии—не то «Яблоко», не то «Груша». Их, этих партий, теперь в России пруд пруди, и насколько я знаю уровень политического интеллекта моей бывшей супруги, идеи коммунизма её более не вдохновляют. Я частенько копаюсь в прошлом. Так вот, копошась в этом захламлении дат и поступков, я с интересом отметил, что в отношении моей бывшей жены, красивой женщины с отменной фигурой, я вспоминаю только то, что её интересовали вклады денег, покупки в магазинах и светские застолья, где она сверкала драгоценностями и зубами. УдивительЬТ О8   но, но почему-то воспоминаний о сексе мне в голову не приходило. Неужто мне было так плохо с ней в постели? Стоп, мой пёсик сделал своё дело, значит мне нужно собрать его «бизнес» в пластиковый мешочек и выкинуть в урну. Ну а теперь домой. А дома свежезаваренный чай, конфета и мысли о рассказе, над которым я сейчас работаю…

Прошло шесть лет, как я живу в Париже. Много ли произошло за эти годы? Да в общем, немало. Года три тому назад я нанял домработницу, зовут её Алла. Родом она из Украины. По образованию экономист. Неплохо знает английский язык, а вот с французским у неё явные проблемы. Я не знаю, каким ветром её занесло во Францию, но мужчина, с которым она приехала сюда, её оставил. Познакомились мы совершенно случайно.

Я увидал её у булочной, где она расклеивала объявление о найме на работу. Увидев объявление, я с ней заговорил на французском и, услышав сильный акцент, сразу же перешёл на русский. Высокая стройная интересная женщина лет сорока, она была согласна на любую работу, и я подумал, что если она способна готовить, стирать и убирать квартиру, то это то, что мне нужно. У меня уже несколько лет работала молодая испанка, но её больше занимали разговоры по телефону, чем домашнее хозяйство, и мне это порядком надоело, но я — эгоист, и мне надо, чтобы за мной кто-то ухаживал, вот я и терпел. Я дал Алле свой адрес и номер телефона и сказал, что если она не найдёт работу до воскресенья, пусть приходит ко мне в понедельник часов в одиннадцать утра. Она пришла. Мы договорились об оплате. Я показал ей комнату прислуги, что рядом с кухней. Комната эта имела свою отдельную ванную. Я сказал Алле, что жить она может у себя в квартире или в этой комнате. Она ответила, что подумает, и через неделю перевезла свои пожитки в «девичью» комнату возле кухни.

За прошедшие годы я написал пару сценариев и пару дюжин рассказов. Фильмы по моим сценариям особого успеха не имели, да и рассказы печатались малым тиражом, не производя большого впечатления на публику. По моему собственному определению — я превращался в отработанный материал, но издательство и киностудия всё ещё работали со мной, соблюдая контракты. Им было дешевле продолжать пользоваться моими услугами, чем платить неустойку за разрыв контракта. Вот уже который раз я брался за вторую книгу своего романа, но работа не шла. Я не знал, что сделают мои герои завтра, о чём будут говорить, какие проблемы будут решать. Всё, что я писал, получалось каким-то плоским и серым. Несмотря на «серьёзные разногласия» между мной и героями романа, я закончил первую часть книги и, ещё не послав рукопись в редакцию, предложил Алле прочитать мой роман и первые восемь глав второй книги и дать мне абсолютно честный отзыв. Дней через десять она сказала, что готова говорить со мной, и мне показалось, что тень сомнения скользнула по её лицу. В тот же день вечером мы устроились у камина. На журнальном столике вино, сыр, галеты. Я — с нетерпением жду, она — явно нервничает. Мнения о моём творчестве я слышал много раз. Обычно я был на сцене, а люди в зале вставали и или хвалили, или критиковали мои произведения, но между нами всегда была дистанция. Но вот так, с глазу на глаз, это было впервые. Алла пригубила бокал с вином и начала говорить о том, что роман ей очень понравился. Она говорила что-то ещё, а на меня нашло расслабление, я более не нервничал — я рассматривал женщину, сидевшую напротив меня, и удивлялся, почему это я не обращал на неё внимания раньше. Грешные мысли лезли в голову, и я улыбался, потягивая вино из бокала… Внезапно она резко остановила свой монолог и, посмотрев мне прямо в глаза, сказала (было видно, как трудно ей это даётся), что первая часть второй книги не произвела на неё никакого впечатления и что персонажи какие-то неживые, а ситуации, в которые они попадают, вовсе не реальные. Она остановилась на полуслове, поднялась с кресла, поставила недопитый бокал вина на столик, прошептала «извините» и ушла к себе в комнату. Я сидел не двигаясь, ошарашенный услышанным, и вдруг подумал: а чего ещё я мог ожидать, ведь я сам прекрасно знал, что первые восемь глав второй книги ни к чёрту не годятся — это пустышка. Просидел я так до часу ночи, выкурив полпачки сигарет, и, почувствовав дикую усталость, как побитая собака поплёлся в спальню, привалился на подушку и мгновенно уснул. Среди ночи я очнулся от непонятного чувства — как будто кто-то гладил мне висок. Я открыл глаза. На краю кровати сидела Алла… так начались счастливейшие три года моей жизни в Париже, подаренные провидением.

Я как будто родился заново. Счастье моё было так велико, что я не берусь его описать. Такое счастье может подарить мужчине только женщина. Я был благодарен Богу за то, что он сотворил мир именно таким. Алла угадывала все мои желания. Мне же было достаточно посмотреть на неё спящую рядом со мной ранним утром, и это заряжало меня энергией на целый день. Я полностью переписал начало и закончил вторую книгу за восемь месяцев. Успех был ошеломляющим — вторая книга переиздавалась пять раз. Мы съездили на неделю в Ниццу, и по возвращении я засел за работу над третьей частью моей трилогии. Я приезжал в свою мансарду рано утром и возвращался домой только к обеду. Через год моя книга появилась на полках книжных магазинов, и весь тираж был распродан в рекордно короткие сроки. За всё это время я не услышал от Аллы ни слова упрёка за то, что не уделяю ей достаточно внимания, что мы почти нигде не бываем и что она проводит дни напролёт в одиночестве. Как-то вечером за чаем я спросил Аллу, не хотела бы ли она слетать на Новый год в Нью-Йорк. Ей очень понравилась эта идея и я, не откладывая дело в долгий ящик, позвонил своему агенту и попросил его организовать нам поездку в Штаты на две недели, начиная с двадцать первого декабря.

На дворе был сентябрь — чудесное время в Париже. Двадцатого вечером, это была суббота, мы с Аллой прогуливали Герда и болтали о пустяках. Проходя по Бульвару мимо скамейки, Алла вдруг остановилась и присела на неё. Я посмотрел ей в лицо и увидел в её глазах такую боль, что у меня захолонуло сердце. Когда боль отпустила, мы медленным шагом вернулись домой. Тупая боль внизу живота появилась снова и я, усадив её в кресло у камина, вызвал скорую. Герд подошёл, понюхал ей колени и примостился у ног, положив морду на лапы... Я просидел в приёмном покое больницы часа два... Ко мне подошёл врач... Через три месяца моей Аллы не стало. Я похоронил её на небольшом православном кладбище в районе Монмартра. Говорят, что на кладбище часто ходить нельзя—это беспокоит души усопших. Мы с Гердом навещали Аллу раз в месяц, дольше я не мог вытерпеть. Нарушал ли я её покой, мне скажет она сама, когда я увижу её по ту сторону жития. Через полтора года не стало моего собакеля. Он ушёл в свой собачий рай во сне—просто не проснулся, лёжа на своей любимой подстилке и подушечке у высокого окна с видом на Сену. Герд прожил не очень долгую, но преданную одному хозяину жизнь. Честь ему и добрая память. Похоронил я его на кладбище для животных, где мирно рядом покоятся собаки, кошки, птицы... Я навещаю моего друга каждый месяц и глажу скромный памятник, как когда-то гладил ему голову.

После смерти Аллы я начал писать стихи. Стихи—это эмоции, спрессованные в рифмованные строки, вот я и жил последние пять лет этими эмоциями. Поначалу критики хвалили мои поэтические потуги, в которых было больше чувства, чем мастерства, вероятнее всего отдавая дань моему горю, но через пару лет моё имя стало забываться. Книги с моими произведениями пылились на полках книжных магазинов. Писал я всё меньше и меньше и, честно говоря, был рад, что критика и реклама оставили меня в покое. Правда, я написал серию рассказов о России до «перестройки», но французскую публику мои откровения мало интересовали. Весь мир интересовало, что будет с этой огромной страной и какие ещё проблемы она принесёт человечеству в будущем. Я жил за пределами этой державы и мало знал, да и не до конца понимал, что там творится. А её разрывали тяжбы и борьба за власть, как когда-то в стародавние времена Россия сотрясалась от междоусобий после смерти Бориса Годунова. Мы, советская диаспора, да, именно советская, но не русская, потому что мы — это огромная группа людей разных национальностей, объединённая одним языком, выросшая на одной идеологии, но покинувшая свою страну по самым разным причинам. Обратите внимание на то, что даже находясь в компании близких нам людей, к примеру французов, и превосходно владея иностранным для нас языком, в разговорах с нашими соплеменниками сразу же переходим на русский. Я не понимаю корней этого феномена, но убеждён, что именно поэтому Россия «не умеет дружить» ни с одной страной в мире.

После смерти Герда я не подписал контракта на квартиру, а собрал свои манатки и переехал жить на Монмартр. Писал я мало и только иногда издавался в «толстых» журналах. Когда-то я вынашивал идею написать биографическую повесть, но со смертью Аллы я потерял интерес к творчеству, на меня напала лень сдавшейся мухи, опутанной паучьей паутиной. Каждый месяц я старел на год, не имея ни малейшего желания сопротивляться этому процессу дряхления. Потеря Аллы была для меня концом, а уход Герда поставил на всём жирную точку. Время от времени я задавал себе вопрос, почему я перестал писать, и сам же себе отвечал вопросом: «Кому, собственно, может быть интересна моя жизнь? Я не могу написать ничего путного о Франции потому, что всё ещё недостаточно знаю эту страну и народ, её населяющий. Я не могу ничего написать о России потому, что я знаю только ту страну, которой уже нет. Так какой же я, к дьяволу, писатель в таком случае?! Мысли эти доводили меня до отчаяния. Я всё реже и реже общался с друзьями и всё больше и больше погружался в себя.

На дворе был декабрь тысяча девятьсот девяносто девятого года. Тридцать первого утром, позавтракав в моём любимом кафе «У Луизы», я заказал доставку обеда на дом на восемь вечера, прошёлся по магазинам, купив сладости, фрукты и бутылку моего любимого Буржуле. Отнёс мои покупки домой и отправился на ёлочный базар, где приобрёл невысокую пушистую красавицу, попросив доставить её ко мне домой к двум по полудню. Зайдя в цветочный магазин, я купил букет алых роз, а потом сел в такси и отправился на кладбище к моей Алле. Присев на скамеечку у могилы, я рассказал ей последние новости и поздравил с наступающим Новым годом. По дороге домой я навестил Герда и положил ему на могилу копчённое свиное ушко — любимое его лакомство. К двум я был дома. Ёлка, замотанная в зелёную сетку, уже лежала у входа в подъезд. Нарядив лесную красавицу, я повесил на неё конфеты и мандарины, как когда-то в детстве, и зажёг лампочки. В комнате сразу стало тепло и уютно. Приняв душ, я переоделся и включил телевизор. По всем каналам обсуждалась главная тема дня — мы вступаем в новое тысячелетие. Около восьми доставили обед. Поев, я поставил на журнальный столик конфеты и фрукты, налил себе бокал вина, устроился поудобнее в кресло-качалку и задумался, глядя на стену, где рядом висели фотографии Аллы в летнем платье и моего собакеля Герда в очках... Из оцепенения меня вывел бой часов—наступил новый год, новый век, новое тысячелетие. Я пригубил бокал с вином, поставил его на столик и подошёл к слуховому окну. Подставив стул, я вылез через него на крышу. Шёл лёгкий пушистый снег—какой же Новый год без снега! Отлогая крыша была, как ледяной каток, и оттолкнувшись от окна, я заскользил в сторону Монмартра. Оторвавшись от крыши, я ощутил ни с чем не сравнимое чувство свободы... Приподняв голову, я на мгновение увидел, что над куполом Базилики Де Сукре, протянув руки ко мне, идёт Алла, а рядом с ней величаво, как мог только он, шествует мой Герд.

Иосиф

Моим родным, погибшим в фашистских концлагерях, посвящается.

Это был не лес, а перелесок. Метрах в пятидесяти от него росла высокая сосна. Добежав до неё, он обхватил шершавый влажный ствол и медленно осел на песок, набрав полные башмаки песка и сосновых иголок. Человек повернулся и затаился, прислонившись к дереву спиной.

Темнело… Монотонный звук морского прибоя не нарушал, а как бы подчёркивал окружающую тишину. Зная, что до утра его никто не будет искать, позволил себе расслабиться и провалиться в сон. Очнулся под утро от крика чаек. Огляделся. Никого. Вытащил из кармана корку засохшего хлеба, подержал его с минуту во рту и, откусив маленький кусочек, начал медленно жевать, глотая липкую слюну вперемешку с крошками хлеба. Небо на востоке посветлело, поднялся ветер и разбросал облака от горизонта до взморья.

Он знал эти окрестности. Местечко это называлось Мелужи, где каждое лето он проводил на даче. В июле отец привозил всю семью в снятый на месяц домик. По воскресеньям вечером, оставив жену, трёх дочерей и сына, папа уезжал в Ригу, чтобы снова вернуться сюда в следующий выходной. Хозяйка домика толстая латышка Эльза, с виду строгая, а на самом деле добродушная женщина лет шестидесяти, относилась к дачникам, как к своей семье, называя детей не иначе, как внучата.

Иосиф встал, потряс головой, как бы отгоняя видение детства, и пошёл вдоль перелеска. С дороги, тянувшейся вдоль барханов, его не было видно. Пляж был пуст. Ноябрь — не самое лучшее время гулять по Рижскому взморью, и это его устраивало. Он пробирался в Ригу, чтобы попытаться хоть что-то узнать о судьбе родных. План был прост: пробраться в город и при помощи своих бывших клиентов попытаться выяснить, где его семья.

Иосиф был портным. Он был не просто портным — он был классным портным. Обучался он этому искусству у старшего брата Нахмана. Нахман был лучшим портным в Риге, одним из его заказчиков был сам Ульманис, премьер-министр Латвии. Да, это было искусство, а не профессия. Фраки, пошитые Иосифом, красовались на плечах богатейших жителей города.

В конце сорок первого года Иосифа, как многих евреев, арестовали прямо на улице. Через две недели, проведённые в подвалах Гестапо, его отправили на пересыльный пункт, а ещё через месяц с эшелоном пленных он был доставлен в концлагерь, расположенный на территории Польши. Это была фабрика по уничтожению заключённых. Истребление людей было организованно с чисто немецкой педантичностью. Иосиф чувствовал, что скоро подойдёт его черёд, и он, пройдя «сортировку», как все евреи до него, будет отправлен в газовую камеру. Душа кричала: «Не пойду! Не хочу!» Он так любил жизнь. И, то ли от этого великого желания, то ли вмешались Небеса, но произошло чудо. Рядом с ним на нарах умирал от туберкулёза советский офицер Пётр Угаев. Как-то ночью, незадолго до смерти, Пётр прошептал Иосифу на ухо, что когда тот будет проходить «сортировку», чтобы он назвался татарином, коим был его сосед. Иосиф действительно походил на татарина: худой, скуластый мужчина среднего роста со слегка раскосыми глазами. И в дополнение ко всему Петру при рождении было сделано обрезание, как того требовал Коран. Иосиф боялся Бога, но он так хотел жить. Через три дня Пётр умер, а ещё через неделю во время «сортировки» Иосиф назвался Петром Угаевым и был переведён в рабочий барак.

Проработав в каменоломне шесть месяцев, Иосиф понял, что так он долго не протянет, но опять в его жизнь вмешался рок. У эсэсовца, конвоировавшего группу заключённых в лагерь, порвался рукав мундира. Унтер-офицер недолго думая позвал находившегося рядом Иосифа, вынул из отворота пилотки иголку с ниткой и гаркнул: «Зашить!»—отвесив ему оплеуху. Через пять минут Йося вернул китель хозяину. Посмотрев на почти невидимый шов, эсэсовец спросил, кем Иосиф был до войны, на что тот ответил:

—Портным.

Колонна медленно проследовала к бараку. На следующее утро во время переклички Иосифа вызвали из строя и отправили в канцелярию.

В пошивочной мастерской работало девять человек. Иосифа сразу заметили, оценили его мастерство, и спустя месяц он стал старшим портным. Работы было очень много, но уставал он, конечно же, не так, как в каменоломне, и потом—это была работа, которую он любил. Время шло, портные менялись, а наш герой всё шил и шил офицерские мундиры и изредка штатские костюмы...

...Шёл март сорок четвёртого года. Как-то Иосифу дали очень важный срочный заказ. Он испросил разрешения у дежурного офицера остаться в мастерской до утра и, получив ночной пропуск, принялся за работу. В полночь он прервался, чтобы немного отдохнуть, открыв окно, вдохнул свежий прохладный воздух и… услышал сдавленные крики и пулемётную стрельбу. Охрана расстреливала узников за лагерной изгородью—газовые камеры и крематорий не справлялись с «планомерным уничтожением заключённых». Он медленно опустился на стул. Внутри как будто что-то надломилось. Реальность исчезла. Пётр остался сидеть на стуле, а Иосиф воспарил над лагерем, как евреи, летающие над землёй, на картинах Шагала. Время потеряло свой счёт… Вдруг он очнулся. Встал. Остекленевшим взглядом обвёл полки с рулонами дорогой материи. Подошёл к столу. Поставил горячий утюг на недоглаженные брюки с генеральскими лампасами и вышел на улицу, заперев дверь на висячий замок.

Он медленно шёл к своему бараку, а за спиной полыхала пошивочная мастерская. Заревел сигнал тревоги, и через пять минут весь лагерь был построен на плацу. Иосиф стоял в строю у своего барака и глядел на пламя, уничтожающее маленький домик. Это были его последние минуты. Он очень хотел жить. Но всему приходит конец.

Заключённые простояли на плацу до шести утра. В шесть ноль-ноль последовала команда «По баракам!» Вход в каждый барак охраняли три эсэсовца с собакой. Над лагерем нависла небывалая для этого времени тишина. В полдень у здания канцелярии остановился автомобиль, и из него вышел комендант лагеря. Он что-то приказал дежурному офицеру и скрылся за дверью. В час дня охранники отконвоировали Иосифа к зданию управления лагеря, втолкнули в кабинет коменданта и вышли, тихо прикрыв за собой дверь. Он стоял посреди большой комнаты и ждал выстрела в затылок. «Почему здесь, а не за забором, где полно готовых могил?»—

думал он. Ему казалось, что прошла целая вечность. От страха на лбу выступила испарина. Внезапно дверь распахнулась, и в кабинет вошёл высокий блондин лет сорока пяти в чине полковника СС. Он сел за стол, полистал папку с документами и, посмотрев Иосифу в глаза, достал из кобуры чёрный «Люгер» и положил его на стол. Продолжая смотреть Иосифу в глаза твёрдым, не мигающим взглядом, он произнёс:

— Заключённый Пётр Угаев, с сегодняшнего дня ваше имя Игнат Усманов. Вы переводитесь в лагерь номер пятьдесят четыре на территории Латвии, — и, нажав кнопку звонка, приказал адъютанту заняться арестантом.

Вложил в кобуру пистолет и быстро вышел из кабинета. Иосиф был ошарашен. Он понимал, что полковник принял своё решение только тогда, когда достал из кобуры пистолет. Почему же он не выстрелил?..

Властный оклик конвоира прервал мысли Иосифа:

— Быстро на мотоцикл!

Его усадили в коляску и повезли на станцию. Через час он уже трясся в товарном вагоне вместе с другими заключёнными. Поезд медленно набрал скорость и застучал колёсами на стыках рельс. В Латвию, в Латвию, в Латвию… В двадцати километрах от станции Мелужи, на крутом повороте, состав сошёл с рельсов. Иосиф оказался зажатым между погибших людей. В темноте он выбрался из груды тел и обломков и бросился вдоль разбитых вагонов к лесу. Трясущимися руками он снял одежду с погибшего охранника, переоделся и бросил свою полосатую «пижаму» в огонь…

Он так хотел жить! Сам Господь помогал ему в этом. На пятый день он вышел к Даугаве. Мост через реку охраняла рота солдат, перекрывавшая все возможные подходы. Плавал он неплохо, но переплыть незамеченным через широкую реку было невозможно. Оставался один вариант — отойти от моста на километр-полтора и попробовать забраться в проходящий поезд. При подходе к реке все составы сбрасывали скорость, двигаясь к мосту в свете прожекторов. Иосиф притаился в кустах у поворота железной дороги и стал ждать. В четыре утра к мосту проследовал эшелон с танками. Как только поезд сбросил скорость, медленно подползая к реке, Иосиф собрал все силы и, вцепившись руками в деревянный борт, влез на платформу, шмыгнул под брезент, укрывавший «Тигр», и спрятался под танком. Через час под покровом ещё тёмного неба он выбрался из-под брезента, слез с платформы и тихими улочками, которые знал как свои пять пальцев, направился к дому Мариса Закиса. Марис был однокашником Иосифа.

«Это человек, который безусловно меня укроет и поможет разузнать что-то о моей семье», — думал Иосиф.

На рассвете он постучал в заднюю дверь дома, в котором жил его давний приятель. Долго не открывали, но потом раздались шаркающие шаги, и дверь отворилась. На пороге стоял сонный Марис собственной персоной и смотрел на Иосифа, с трудом его узнавая, а признав, поманил рукой, заходи, мол, и запер дверь. Марис был дома один. Он провёл приятеля на кухню, усадил за стол, поставил на него кое-какую еду и кувшин с молоком. Когда совсем рассвело, приятель был полностью посвящён в историю жизни Иосифа за последние три года. Уходя на работу, он попросил никому не открывать дверь и, сказав: «Отдыхай», — вышел из дома.

Иосиф прилёг на диван и мгновенно заснул.

Проснулся он от света лампочки под абажуром, присел на краю дивана и, увидев Мариса и трёх гестаповцев, обомлел. Ситуацию до конца прояснило направленное на него дуло автомата. Закис медленно закурил сигарету и проговорил:

— Я всегда ненавидел евреев, но твой брат работал на самого Ульманиса, и это было очень удобно, связи, знаешь ли. Что касается твоей семьи, то их всех расстреляли ещё в сорок втором, — и, повернувшись к гестаповцам, приказал: — Забирайте его!

Иосиф любил жизнь, но сейчас он хотел умереть. Снова вмешалось проведение: он опять остался жив. Его отправили в лагерь смерти, расположенный недалеко от Рижского залива. К концу сорок четвёртого немцы не успевали сжигать заключённых, но население лагерей должно было быть уничтожено — эти люди слишком много знали. В пятницу на Шабес Иосифа и ещё триста с лишним человек пригнали на причал и загнали на небольшую баржу. Буксир подцепил утлое судёнышко, оттащил его на километр от берега, отцепил трос и пошёл обратно к берегу. Береговая артиллерия сделала три выстрела по барже, и она начала тонуть. Погибшим от выстрелов, разорванным в куски, повезло больше, чем оставшимся в живых. Иосиф остался невредим. Люди прыгали за борт, но почти сразу же тонули — не было сил плыть, да и вода была очень холодной. Минут через двадцать над водой осталась видна только одна голова — это был Иосиф. Он умолял Бога подарить ему смерть сразу, как только услышал выстрелы береговых орудий, но в этот раз Всевышний его не слышал.

Иосиф так любил жизнь и очень хотел жить…

Он утонул последним.

Голубой барак,
или Дороги, которые нас выбирают

Подмосковный город Плёсково известен двумя достопримечательностями—это базар, на котором можно купить и продать всё от гнилой картошки до мотоцикла, и лечебница для душевнобольных. Дурдом, как ласково окрестили его местные жители, расположен на самой окраине у излучены маленькой речки. С трёх сторон он окаймлён лесом, а главный корпус смотрит на дорогу. В этом здании расположилась администрация и отделение спортивной травматологии. За этим домом начинается высокий забор, окружающий всю лечебницу. Отделение для буйно помешанных покрашено в голубой цвет, другое строение едко-жёлтого цвета—для тихо помешанных и серо-коричневое здание, где расположились вспомогательные службы, мастерские, склад и кухня. Все дома одноэтажные и без подвалов. Персонал лечебницы одет в халаты и шапочки грязновато-белого цвета. Прямо скажем, «милейшее местечко».

Попал я в это учреждение в начале осени по поводу застарелой травмы спины, которую получил во время моей спортивной карьеры. Было мне предписано шесть недель процедур и восстановительной гимнастики. Я было уже настроился хорошенько отдохнуть от трудов праведных, да вот беда, не всё пошло так гладко, как мне хотелось. В тот день, когда я прибыл в Плёсково для прохождения курса лечения, все «травматики» подлечились и были выписаны из диспансера. Мало того, что я оказался единственным пациентом, так ещё обе палаты отделения спортивной травматологии закрыли на ремонт. Вопрос о том, что со мной делать, главврач решила очень просто. Она направила меня в корпус для тихо помешанных, спросив при этом, умею ли я делать стенды и стенгазеты. Почему она спросила меня об этом, я узнал несколько позже, а вот её решение о месте моего пребывания было как обухом по голове. Ненавистная врачиха закончила заполнять мою анкету, в которой, кстати, был и «пятый пункт» (очевидно, это очень важно, сколько психов евреи по национальности), и, написав сверху листа красным карандашом «ХУДОЖНИК», успокоила меня, сказав:

— Вы человек молодой, физически крепкий, а душевно больные люди тихие, не опасные. Правда, бывает иногда, кто взбрыкнёт, но это редко, — закрыла папку с моей историей болезни, позвала санитара и попросила его препроводить меня в жёлтый корпус и поместить в палату номер три.

Санитар, здоровый детина с маленькой головкой-тыковкой на широких плечах и с руками-граблями, как у героев моего любимого мультика «Вовка в Тридевятом царстве» — двух из ларца одинаковых с лица, представился высоким голосом евнуха:

— Петя, — и вежливо показал жестом, мол, следуй за мной. Мы вышли из главного корпуса и через проходную прошли на территорию больницы. В тот момент у меня появилось ощущение, что я попал на другую планету — Планету Психов. Что я знал до этого об умалишённых? Вся информация об этих существах была получена мною из книг, фильмов и анекдотов, но вот теперь я ступил на их планету, их место обитания. У меня, как у плохого солдата перед боем, заболел живот. Петя заметил, что я слегка позеленел, и поинтересовался, не нужно ли мне в туалет, но я, собрав свою волю в кулак, вежливо отказался. Мы прошли мимо мастерских, где два мужика в комбинезонах чинили поломанные койки, продефилировали вдоль кухни, из которой противно пахло кислыми щами и манной кашей, и оказались перед боковой дверью здания жёлтого цвета. Санитар достал из халатного кармана дверную ручку-ключ, такую, как у проводников в поездах дальнего следования, открыл дверь и, пропустив меня вперёд, вошёл сам и захлопнул за собой дверь. У психов был мёртвый час.

Большая комната, в которую мы попали, была, по объяснению Пети, и столовой, и процедурной, и комнатой отдыха. В углу под потолком вместо иконы висел телевизор. Два больших окна, смотревших на плац, были защищены металлической решёткой. Длинный коридор по правую руку вёл к веранде, выход на которую защищала дверь без ручки и зарешёченное окно, расположенное справа от двери. По левой стороне коридора располагались два кабинета врачей, комната санитаров, маленькая процедурная и стенные шкафы с железными дверцами для лекарств, одежды и постельного белья. По правой стороне коридора находились три больничные палаты—две на восемь человек каждая и одна на четырнадцать психов. На входах в палаты дверей не было. На стенах палат было по два больших окна, украшенных орнаментом под названием «небо в крупную клетку». Все окна смотрели на излучину речки, создавая иллюзию свободы. Не знаю, как на психов, но на меня этот вид произвёл жутко удручающее впечатление. Забора с тыльной стороны барака не было—он примыкал к зданию со стороны бокового входа и веранды. На самой веранде стояли стулья и стол, а также цветы в кадках, что создавало, по мнению врачей, приятную обстановку для свиданий психов с родными. Петя показал моё спальное место в самом дальнем углу палаты № 3. Мне никогда до этого дня не приходилось бывать по ту сторону решётки, и в этот момент я почувствовал страх. Представьте себе, что не мне, а вам придётся проходить курс лечения за решёткой среди душевно больных в течение шести недель… Представили? Есть желание бежать в туалет, дабы не запачкать штаны изнутри? То-то! От мыслей про туалет меня оторвал приятный мужской голос.

Как я ранее заметил, у больных был мёртвый час, но мой будущий сосед по палате, который лежал и читал книгу, тихо произнёс:

— Будем знакомы. Меня зовут Алексей, — и, встав с кровати, протянул мне руку.

Передо мной стоял высокий интересный парень лет тридцати пяти. Волосы были зачёсаны назад, очки в роговой оправе (явно импортные) делали его похожим на западного немца из кинофильмов про шпионов, но никак не на советского психа. Он явно прочитал мои мысли и сказал:

— Вы тоже не очень похожи на душевнобольного.

Мы оба улыбнулись, пожали друг другу руку. С этих пор этот парень стал самым близким мне человеком на последующие полтора месяца.

Санитар Петя попросил Алексея лечь на кровать и полежать ещё полчасика до подъёма, дабы не будоражить больных (дисциплина, знаете ли), и, попросив меня застелить постель и разложить личные вещи в тумбочке, стоявшей в головах кровати, тихо удалился. Но вдруг вернулся и известил, что через час меня вызовет на беседу мой лечащий врач, после чего он наконец покинул палату. Лёша посмотрел мне в глаза, загадочно улыбнулся и изрёк:

—Это будет неожиданно интересная для вас встреча.

Я пожал плечами и предложил перейти на ты, на что он кивнул головой и принялся за чтение, давая мне возможность заняться постелью и тумбочкой.

Закончив дела, я переоделся в спортивный костюм «олимпийку» (предмет зависти моих друзей) и уселся на кровать. Алексей отвлёкся от книги, осмотрел мой наряд и сказал:

—Ты бы лучше переоделся в пижаму, которую тебе выдали вместе с постельным бельём. Здесь у всех должна быть одна форма одежды—это закон. А олимпийку сдай на хранение, а то не ровён час санитары уведут, когда будешь принимать процедуры,—произнёс он это так спокойно и убедительно, что у меня не возникло сомнений в его правоте.

Переодевшись и сдав вещи на хранение, я принялся рассматривать обитателей палаты, которые один за одним вставали и заправляли свои койки. Народ был разный, на вид от двадцати до шестидесяти, да вот только у всех, включая Лёшу, был какой-то странный блеск в глазах. Я подумал, что это реакция на свет, и хотел посмотреть на себя в зеркало, но зеркал нигде в корпусе не было. Отметив про себя эту деталь, я обратил внимание на то, что кровати и тумбочки были прибиты к полу, а стульев в палате вообще не было. Единственное место, где были табуретки—это столовая, но там постоянно дежурил санитар. Настроение моё ухудшалось по минутам. Я сел на кровать, обхватил голову руками и задумался. Психи разошлись по своим делам, Алексея вызвали на процедуры, и я остался в палате один на один со своими мыслями. Просидел я так с полчаса, пока в комнату не вошёл Петя и не позвал меня своим противным голосом следовать за ним на приём к лечащему врачу. Одетый в пижаму и шлёпанцы, я понуро побрёл за ним.

Петя вежливо постучал в дверь кабинета врача и, услышав «Войдите», открыл её. Санитар пропустил меня вперёд, а сам остался в коридоре и захлопнул за мной дверь. Кабинет был заполнен обычным набором мебели: стол, два стула, застеклённый шкаф, ширма и книжная полка. Забранное решёткой окно выходило на плац. Дощатый пол коричневого цвета и белые стены да потолок. За столом сидела красивая женщина лет тридцати с небольшим в белом накрахмаленном халате, под которым угадывалась ладная фигура. Густые каштановые волосы были заплетены в толстую косу, косметики на лице не было, и, к моему удивлению, без обручального кольца. Женщина подняла глаза, перехватила мой взгляд и отчеканила:

— В разводе. Всё, тема закрыта.

Она встала из-за стола, взглядом предложила мне сесть и проговорила:

— Слушайте внимательно и не перебивайте. Все вопросы потом. По поводу травмы спины современная медицина не может предложить вам никакого лечения, кроме обезболивающих таблеток и покоя, и, как вы понимаете, для этого в больницу ложиться не надо. Ну а теперь о главном. По словам вашего отца, боли у вас в спине усиливаются, когда вы употребляете спиртные напитки, а пьёте вы всё чаще и чаще, и довольно часто в одиночку, а это первый и главный признак алкоголизма. Ваш отец—депутат нашего райсовета, обратился ко мне с просьбой о помощи. Наш главный профиль—потеря рассудка на почве алкоголизма, вот мы и хотим вас вылечить, пока вы не скатились до уровня окружающих вас больных. Я надеюсь, что на все процедуры вы будете ходить добровольно, и нам не придётся применять принудительное лечение. Завтра утром до завтрака первая процедура, а пока отдыхайте, — она нажала на кнопку под столом, дверь отворилась, и на пороге возник санитар, указавший жестом следовать за ним.

Я встал, внимательно посмотрел на доктора и медленно вышел из кабинета. Остаток дня и вечер я провалялся на койке, перебирая в памяти события дня. И отделение травматологии на ремонте, и барак для тихо помешанных, и санитар Петя, и сосед по палате Лёша — всё это звенья одной цепочки. Да ещё добровольное лечение, а коли не захотите — то принудительное! Ну, попался я на крючок! Ну спасибо тебе огромное, папуля! Перед отбоем Алексей посоветовал:

— Подумай. Не руби с плеча. Оглянись вокруг. Делай, что говорят. Ходи на процедуры. Потерпи пару дней, полегчает, я по себе знаю.

Когда в палате погасили свет и её обитатели погрузились в сон, я попытался упорядочить свои мысли. Злоба на отца за содеянное постепенно прошла, и я попытался убедить себя посмотреть правде в глаза. Задача эта оказалась удивительно трудной, даже в мыслях я увиливал от правды, как бы искал выход из создавшегося положения. Значит, я алкоголик. Нет! Не может быть. Ведь я могу остановиться в любой момент. Так почему же я не останавливаюсь? Мне нравится пить. Даже в одиночку. Стоп! Люди говорят, если пьёшь в одиночку — это алкоголизм. Зачем же я это делаю? Если разобраться, то это я порчу существование близким мне людям. Так вот, где собака зарыта, вот, в чём правда. Я — пьянь и просто обязан лечиться! От этой мысли у меня на лбу выступил холодный пот. Заснул я только под утро, а в восемь меня позвали на первую процедуру. Не стану описывать детали, но одно могу сказать — эта процедура никак на меня не подействовала, но зато я увидел, какое воздействие она оказывала на мужиков из моей группы. Мне стало страшно. Неужели я преступил черту, и следующая ступень — тихое помешательство?..

После завтрака меня повели в кабинет врача, где Наталья Ивановна попросила меня оформить стенгазету. Она дала мне лист ватмана, тушь, перья и несколько напечатанных заметок, сказала, что я могу оформлять газету на свой вкус, и ушла на обход больных. Я остался один. В стеклянном шкафчике стояла початая бутылка водки, которой нас «лечили» сегодня утром во время процедуры. Шкаф не был заперт. Что это, дешёвая провокация или метод лечения? Я принялся за работу над стенгазетой, на время забыв, где я. Доктор вернулась часа через три, когда я уже заканчивал своё «рисование». Она посмотрела на плоды моего «творчества» и осталась довольна. Я собрался идти в палату, но что-то меня подстегнуло изнутри, и я указал ей на шкаф. Наташа глянула на него, не совсем понимая, чего я хочу, и дёрнула ручку дверцы. Незапертый шкаф открылся, и лицо её стало белее ватмана. Я спросил как можно спокойнее:

— Это что, ваш новый метод лечения?

На что она еле слышно ответила дрожащим голосом:

— Нет.

Я вышел, закрыл за собой дверь и направился в палату, на своё место, как обиженный пёс. До обеда оставался час. По окончании обеда я направился (заметьте себе, добровольно) на очередную процедуру. К пяти я вернулся в палату. Делать было нечего, и я спросил у Алексея, нет ли у него чего-нибудь почитать. Он покопался в тумбочке, извлёк оттуда очень популярную в те времена книгу «Банкир» и сказал:

— Читай, не спеши, очень сильный роман, я уже прочитал.

Я давно хотел почитать эту книгу, но не мог достать. Вот это удача! Завалившись на кровать, я погрузился в чтение.

Следующим утром после завтрака и процедур санитар Петя привёл меня в кабинет Натальи Ивановны и попросил ждать. Доктор пришла только через полчаса, извинилась за опоздание и спросила, не мог бы я помочь ей с сортировкой документов, историй болезни и прочей бумажной волокитой. По её словам, эти бумаги отнимали у неё уйму времени, которое она могла потратить с большей пользой для больных. Я кивнул головой, и она попросила меня зайти к ней через час. Оказавшись вновь в её кабинете, я получил большую стопку бумаг. Наташа объяснила мне, что я должен делать, и ушла заниматься своими больными, оставив меня одного наедине с ненавистной ей «канцелярией». В шкафу за стеклянными дверцами стояла всё та же початая бутылка водки — эксперимент продолжался, ведь если даже шкаф был заперт, я мог бы разбить дверцу и спокойно влить в себя содержимое бутылки.

— Ладно, лечите меня своими неортодоксальными методами, — сказал я себе и взялся за работу по перекладыванию бумаг из одной стопки в другую.

Медленно потянулись дни взаперти лечебницы для умалишённых, похожие один на другой, как две капли воды: подъём — процедуры — завтрак — работа в кабинете врача — обед — процедуры — ужин — личное время — отбой… Книгу я прикончил за пять вечеров, больше читать было нечего, единственным «развлечением» была помощь врачу и санитарам с привязанными кожаными ремнями к кроватям умалишёнными, которым делали уколы какой-то гадости в живот. После этих уколов психов так трясло и мотало, что приходилось крепко держать их и кровати, покуда они не успокаивались. Тогда им давали очень сладкий чай, и они засыпали на два-три часа. И так два раза в неделю. Ужасное, скажу вам, зрелище, но другого лечения не было. Оно скорее напоминало инквизицию, но делало психов шёлковыми на несколько дней. Я стал уделять всё больше и больше времени наблюдению за повадками психически больных людей. Смешные байки и анекдоты о сумасшедших становились явью. Это было бы смешно, если бы вы не видели их глаз — глубоких, со странным блеском, пустых глаз. Это были глаза, потерявшие связь с мозгом, в этих глазах жил ужас от испуга перед предстоящей болью, а иногда это были глаза, полные смеха, когда надо было плакать. Я находился среди людей, которые потеряли рассудок на почве алкоголизма. Эти люди преступили черту, из-за которой не было возврата. Два умалишённых привлекли моё особое внимание. Первый был Сеня-Художник, лохматая бородатая личность, сидевшая часами на кровати. Он водил пальцем в воздухе, и у меня создавалось полное впечатление, что он пишет картину на мольберте. Как-то вечером он подошёл ко мне, показал на нераскрытую пачку индийского чая и сказал низким сиплым голосом:

— Ты тоже художник, родная душа. Давай почифирим.

Я отказался, а он чифирил пару дней подряд, думаю, что он заваривал чифирь с помощью санитара Пети, но это только мои догадки. Второго загадочного психа я окрестил «Ваня с собачкой», его действительно звали

Иваном. Был он маленького роста и очень худой. Самая маленькая пижама висела на нём, как на вешалке. Целыми днями он ходил по коридору от столовой до веранды и обратно, таская за собой на ниточке пустой спичечный коробок, который ласково называл Светик. Я как-то спросил, почему, мол, Светик? Он почему-то испугался, взял коробок в руки, поднёс к лицу, нежно поцеловал и тихо пропел:

Что за праздник за такой?
Разыгрался геморрой.
Принял два стакана водки,
С бабы снял трусы, колготки,
Да не вышло ни х…
Знамо, алкоголик я.

Он пел что-то ещё, но я не разобрал, а закончив петь, он пошёл к себе в палату, положил Светика рядом с собой на подушку и тихо заплакал.

Как я уже говорил, единственной отдушиной в царстве психов был мой сосед по палате Алексей. Примерно через неделю моего пребывания в дурдоме он сказал мне:

— Ты, как видно, серьёзный парень. Понимаешь, душу излить некому, — сказав это, он поведал мне свою историю.

Работал он директором кафе «Мороженое» в высотке на площади Восстания. Я знал этот ресторанчик, в этом доме жила моя хорошая знакомая Наташа Мирова, и мы иногда бывали там. Так вот, жил он припеваючи, имел деньги. Лёша был женат и было у него двое детей, покуда в один «прекрасный» день он не застал жену с любовником в своей спальне. Начался длительный канительный развод. Жена с детьми переехала к маме, и он остался один в пустой квартире с кошкой Муркой. Чтобы заглушить тоску, он стал прикладываться к бутылке и делал это всё чаще и чаще. Так продолжалось почти полгода, а однажды он запил на неделю и, сам того не понимая, каким образом, обнаружил себя идущим по обочине Щёлковского шоссе километрах в ста от Москвы. Он зашёл на первый попавшийся милицейский пост, как мог объяснил свою ситуацию и попросил отправить себя в алкогольный диспансер. Таким образом по воле судьбы он оказался в Плёсковском дурдоме, где прошёл курс лечения, был выписан из больницы и вернулся на свой пост директора кафе «Мороженое» не без помощи солидных друзей. Алексей перестал пить и вернулся к нормальному образу жизни. Через год в его квартире поселилась Валя, женщина, которую он полюбил. Всё пошло на лад. Мурка принесла шестерых котят, которых разобрали соседи по дому, но одного, по имени Пушок, Лёша оставил себе. Каждый вечер, придя с работы и поужинав, он играл с Пушком. Алексей смотрел телевизор или читал, а котёнок всегда был рядом. Беда пришла незванно-негаданно. Пятого сентября, в воскресенье, Алексей с Валей позавтракали и собирались поехать в Измайловский парк, как вдруг Лёша взял на руки котёнка и со всего маху шмякнул его об пол. Пушка не стало. Алексей упал на стул, обхватил себя руками и прошептал: «Валя, быстро в Плёсково». Замолкнув на мгновение, продолжил:

—Сейчас я чувствую себя более-менее нормально, но это только до следующего срыва.

Алексея выписали через четыре недели, и я остался один на один с психами и довольно странными методами лечения Натальи Ивановны Сапожниковой.

В день моей выписки шёл холодный осенний дождь. Отец прислал за мной машину, но сам не приехал. Меня это почему-то совсем не разозлило. Наверное, потому, что я не смог бы посмотреть ему в глаза. Дома, кроме бабушки, никого не было, я разобрал свой чемодан, разложил по местам вещи и пошёл в ванную принять душ. Только вечером я решился посмотреть на себя в зеркало — в глазах моих была глубокая печаль, но не было того, что я боялся увидеть больше всего, — страшного блеска.

По истечении лет я могу с уверенностью сказать, что я не преступил ту страшную черту, но остался нормальным человеком, и что моими исцелителями были Сеня-Художник, Ваня с собачкой и, конечно же, Лёша.

Единственно, что до сих пор доставляет мне душевную боль, это то, что лишь через неделю после моего возвращения домой я решился позвонить Алексею и поблагодарить этого человека за его золотую душу, какую может иметь только настоящий человек. К телефону подошла Валя. Я представился, объяснил, кто я такой, и попросил к телефону Лёшу. Валя долго молчала, я слышал, как она всхлипывала, а потом ответила:

— Я знаю, кто вы. А Лёша в Плёсково, в «Голубом бараке».

Мечты

Мы все мечтаем… Мечтаем кто о чём. Мальчишки о космосе, юноши о встрече с красивой одноклассницей, молодые люди об удачной карьере… Лично я тоже всю жизнь мечтаю: в детском саду — чтобы на обед была жаренная картошка, а не отвратная манная каша. В школе — чтобы не задавали уроки, а знания попадали бы в голову сами собой… В детстве я мечтал быть гайдаровским Голиковым, но не Александром Матросовым, Сергеем Лазо или Виктором Талалихиным — уж очень хотелось жить, а не умирать героической смертью. В юности я больше всего мечтал о спортивных успехах, которых было намного меньше, чем могло бы быть, — не хотелось вкалывать на всю катушку, лень одолевала. В молодости меня больше всего привлекали победы на поле любви — тут я преуспел, но зачем? Женившись, я заметил, что мечты мои стали более меркантильными — мечтал о прибавке к зарплате, получении премии. И ещё о будущих успехах сына. Теперь я уже дедушка и больше вспоминаю, чем мечтаю. Думая о прошлом и пытаясь понять, почему я мечтаю о том о сём, с удивлением отмечаю, что мечтал я не обо всём подряд, а, если так можно сказать, «выборочно».

В мечтах своих я видел себя очень богатым человеком, но не конкретно кем-то, а просто миллионером. Мечтая выиграть сто миллионов в лотерею, я прежде всего думал о том, как благородно будет поделиться своим богатством со своей семьёй. Интересен тот факт, что, мечтая о карьере учёного, инженера, актёра или писателя, я никогда не мечтал о том, чтобы стать политиком или президентом. Я преклоняюсь перед деяниями Рейгана, Тэтчер и Горбачёва, но никогда не мечтал быть на их месте. И уже, упаси бог, читая Ленина, не мечтал стать Дзержинским, Троцким или Берией. Я никогда не мечтал быть женщиной («а интересно, что они чувствуют», — Жванецкий): работа, готовка, уборка, дети, муж, не дай бог роды — ужас!

Мечты мои бывали разные: глобальные — вот, если бы я мог писать на уровне Михаила Жванецкого или Ильфа и Петрова. Локальные — вот, если бы жена приготовила на обед дранки. Разница, конечно, огромная, но все люди разные, и мечты их не одинаковы. Дети мечтают о том, как они станут взрослыми, не понимая, что лучше всего оставаться детьми и не совершать, когда вырастут, омерзительных деяний, впрочем, Павлик Морозов «отличился» в детстве. Мужчины мечтают о женщинах, мечтают очень похоже, но о женщинах разных. Женщины мечтают о мужчинах, но чаще всего о том, чтобы не было войны и они не теряли бы своих мужчин и детей. Учёные мечтают о Нобелевской премии, писатели — о Пушкинской славе, инженеры — об изобретении Perpetuum Mobile, президенты — о величии, воры — о том, чтобы сейфы открывались сами по себе, ну а у астрономов не просто мечта, а головная боль — был этот чёртов взрыв на самом деле и когда, или его вообще не было…

Возвращаясь на круги своя, т.е. к своим мечтам, хочу заметить, что с возрастом количество мечтаний только увеличивается. В детстве по незнанию и неопытности мечты сводятся к «вот, если бы из-за мороза отменили уроки в школе», или родители забыли бы проверить дневник, где появились пара двоек и запись учителя о вызове родителей в школу, или вот мечта — на день рождения мне подарят велосипед «Турист»!..

В юности все мечты мельчают и отходят на задний план, кроме одной — вот, если бы двадцатипятилетняя Анька из третьего подъезда разрешила бы мне потрогать все её «запрещённые» места… В молодости мечты становятся конкретнее: вот бы мне получать зарплату начальника отдела, или — съездить в отпуск в Болгарию, а не в Малаховку, или — вот, если бы я мог купить машину, а не велосипед, на который, в общем, тоже не хватает, или угадать, что подарить жене на день рождения, дабы не получить очередной выговор…

В зрелом возрасте мечты в основном сводятся к бытовому минимуму: вот, если бы на обед была жареная картошка с котлетой, а не этот очень «полезный» кус-кус, или если бы жена испекла «Наполеон» не только для сына, но и для меня, или — вот, если бы супруга чаще разрешала, чем отказывала… В старости к мечтам зрелости добавляются очень специфичные, я бы сказал, мечты — вот, если бы сон приходил быстрее, а утром я бы просыпался бодрым, как в телевизионной рекламе, или вот, если бы пенсия была резиновая и растягивалась бы, покрывая все расходы, или зубы не выпадали бы, как капли весеннего дождя, или кололо бы в боку у президента Байдена, а не у меня, или не покидать эту землю скорее, чем хотелось бы, чтобы побыть подольше рядом со своей любимой, или чтобы посещения туалета были бы регулярные и не превращались бы в ночные бдения и в напряжения, по уровню совместимые только с подъёмом штанги тяжелоатлетами…

Все мы мечтаем… без мечтаний жизнь наша была бы скучной и монотонной. Мечты движут нас вперёд в наших деяниях. Без мечты не было бы Первой Книги, Галилео Галилея, Юрия Гагарина… Придёт время — и наши мечты начнут исполняться: люди полетят на Марс, канет в небытие Путин, либералы станут консервативней, а консерваторы умнее, а слово «тёща» перестанет быть нарицательным… И придут новые мечты, и будут приходить и приходить… и навсегда сопутствовать нам в жизни потому, что способность мечтать дана нам Богом, как освежающий сон после трудов праведных.

Харлам Беляк

Он приостановился на вершине отлогого спуска. По обеим сторонам «железки» тянулся лес. Снял ушанку, вытер пот рукавом телогрейки и вдохнул холодный, но уже пахнущий весной воздух. Огляделся. Кругом тишина, которую изредка нарушал шорох листвы. Время за полдень. Пора идти домой, а это ни много ни мало с десяток километров. Он поправил заплечный мешок и размеренно зашагал на запад, вдоль полотна железной дороги.

Харлам Беляк работал путевым обходчиком. Работу свою он выполнял добросовестно, на его двадцатикилометровом участке происшествий не случалось. Правда, изредка бывали не запланированные остановки поездов, но это только из-за снежных заносов. Наступала весна сорок первого года. Участок Беляка находился почти у границы Советского Союза с Польшей, что прибавляло Харламу гордости за доверенную ему важную работу. Шагал он в сторону своего домика, в котором жил вот уже семнадцать лет. По натуре своей был он человек нелюдимый — к людям Беляк относился с опаской, а вот природу любил и понимал.

Родился Харлам в тысяча восемьсот девяносто четвёртом году. Отец его был машинистом, а дед — путевым обходчиком. Оба они кормились с Белорусской железной дороги. Матери своей мальчик не знал — она умерла родами, отца убили в пьяной драке в девятьсот втором, так что поднимал его дед да бабушка. Парень закончил четыре класса церковно-приходской школы и пошёл на работу, к деду помощником. Вот так и стал Харлам путевым обходчиком. Семья Беляков была зажиточной — корова, свиньи, гуси, пара лошадей. Дед был человеком умелым, чему и научил своего единственного внука. Революцию Беляк-старший не принял. Нет, он не был против советской власти — просто он её не понимал, а посему и не принял. Не мог он уразуметь, как это голь перекатная будет управлять Россией-матушкой. Потом пришла продразвёрстка. Дед не стал прятать своё добро, нажитое годами, а просто встал у ворот своего дома с берданкой в руках. Там его и положили революционные солдаты. Без суда и следствия. Бабушка померла через три месяца, и Харлам остался совсем один. Работы не было — в стране разруха. Подумал он с недельку, что делать, погоревал, а потом взял дедово ружьё, топор, соль, краюху хлеба и ушёл в лес.

Леса в тех местах глухие, зверя много, рыбы в озёрах хоть руками лови. Выбрал он место для своего домика километрах в пятнадцати от ближайшего хутора и поставил маленький сруб в двух километрах от «железки». В те времена железная дорога была в одну колею, местами заросшая травой, не до неё людям было — революцию делали. Но через годик инженеры что-то там посчитали и начали строить вторую линию рельсов. Как-то шёл Харлам с охоты и у «железки» встретил Макарыча, старого дедова приятеля. Ну а тот недолго думая отвёл парня к начальству и сказал:

— Вот вам, товарищи большевики, путевой обходчик — лучше не бывает.

С тех самых пор Беляк стал заниматься своим любимым делом, помня, как его учил дед — не торопясь и справно.

Вот так, мурлыча себе под нос свою любимую песню «Чёрный ворон» и вспоминая своё житьё-бытьё, он подошёл к своему домику. В доме было тепло, и вкусно пахло щами. Маланья, жена Харлама, успела накрыть стол к самому его приходу. Беляк нежно поцеловал жёнушку, помыл руки и сел на лавку напротив хозяйки. Выпил стопку самогона, занюхал чёрным хлебом и стал с аппетитом хлебать щи. Маланья смотрела на него, подперев щёки ладошками, и в глазах её была такая радость лучистая, что и описать не берусь. Харлам поел, сотворил самокрутку из самосада и закурил с удовольствием. Покуда жена убирала стол и готовила постель на ночь, думал про то, как благодатно жизнь его сложилась.

До тридцать пятого года жил он один-одинёшенек — сам по хозяйству, сам на охоту или рыбалку. Не желал он никого рядом. Не мог он простить советам смерть дедову. Одному как-то проще, никто тебе не указ. Постепенно обзавёлся лошадёнкой, коровой, курами, посадил огород за домиком на поляне, бил себе дичь да рыбу ловил. Живи не хочу. Случилось однажды в село за солью, сахаром и другой необходимой снедью поехать. У сельпо увидал — женщина сидит на крыльце и тихо так плачет. Он уже и сам не помнил, почему, но подошёл он к ней и спросил:

— Зовут-то тебя как, и почто плачешь, бабонька?

Она, всхлипывая, так просто ответила:

— Дом мой сгорел дотла, и теперь осталась я одна на всём белом свете, — и, уронив голову на руки, замолчала, только плечи её изредка вздрагивали.

Кругом ходили люди, но никому не было до неё дела… Харлам присел рядом, закурил и тихо, но чётко сказал:

— Поедешь со мной. Тебя как зовут-то?

— Маланья, — ответила она и внимательно посмотрела на него.

В зелёных глазах его было столько покоя и чистоты, что ей сразу стало тепло на душе. Он притушил цигарку, встал, взял её за руку и повёл к подводе. Усевшись, бросил:

— Заедем на базар, мне кой-чего купить надобно.

Остановились у рыночной площади. Сказав только:

— Обожди меня чуток, — он скрылся в толпе.

Минут через двадцать Харлам вернулся, подошёл к Маланье с большим лохматым щенком на руках и сказал:

— Знакомься, это Тихон, ему четыре месяца, — сел на телегу и погнал лошадку из села, подальше от людей.

Ехали они по еле видимому просёлку, а вскоре вовсе свернули в лес. Когда солнце спряталось за верхушки деревьев, они подъехали к небольшой избушке. Он слез с телеги, выпустил из рук щенка и произнёс:

— Теперь, Малаша, ты будешь жить здесь. Это твой дом.

Распряг лошадь и повёл её в стойло. Маланья ещё немного посидела на телеге, о чём-то думая, и, спрыгнув на землю, пошла к избушке.

Эту ночь он спал на лавке у печи. Утром, поев хлеба с молоком, ушёл на работу, оставив Маланью одну наедине со своими мыслями. Вернувшись вечером домой, он увидел, что в избе прибрано и на столе его ждёт обед… Так продолжалось месяца два. Однажды, когда он улёгся спать на лавке, послышался её тихий голос:

—Харламушка, иди ко мне.

Этой ночью она стала его женой. На душе у Беляка было так тепло и уютно, как никогда ещё не бывало. Утром, уходя на «железку», он позвал Тихона с собой. С тех пор пёс ходил с ним на работу, как на свою собственную…

Шли годы… Настал сорок первый. На селе люди всё чаще и чаще поговаривали о войне. Великая отечественная пришла к Харламу в дом двадцать восьмого июня. В субботу вечером во дворе остановился мотоцикл с коляской, и в избу ввалились три вооружённых до зубов немца. Беляка вместе с собакой привязали к колодцу. Выпив самогона и закусив салом, они затащили Маланью на кровать, надругались над ней и пристрелили, там же, на постели. А потом запрягли лошадь, положили связанного Харлама на телегу и привязали к ней пса. Один из солдат взял вожжи и медленно поехал по лесной дороге, а двое других умчались на мотоцикле в другую сторону. Харлам даже не понял, как это произошло, но Тихон, изловчившись, прыгнул на телегу и впился зубами фашисту в глотку. Через минуту всё было кончено, и, освободившись от пут, Беляк погнал повозку с мёртвым солдатом к избушке. Вбежав в дом, он увидел на кровати убитую жену. Прикрыв её простынёй, он тяжело опустился на лавку и замер, будто окаменел. Враз он потерял всё, что у него было, но самое страшное — он потерял Малашу, солнечный лучик всей его жизни.

Просидел он так, не двигаясь, далеко за полночь, а очнувшись от тяжёлых мыслей своих, похоронил Маланью на холмике за домом, смастерил крест и водрузил его в изголовье могилы. Собрал он мешок с едой и патронами. Взял топор и винтарь да пошёл в лес к старой просеке, о которой, кроме него, уже никто и не помнил.

А ещё прихватил автомат, нож и гранаты убитого фашиста. Добрался он до места только к полудню. Забрался в старую берлогу и задремал. Тихон, как всегда, был рядом. Он лежал, положив морду на Харламову ногу, и тихо скулил, как будто оплакивал Маланью. К вечеру Харлам отрыл тайник, положил туда немецкое оружие, кроме ножа, и порешил так — Манюшке был сорок один год, значит он должен наказать смертью сорок фашистов. Один уже своё получил…

Первым делом Беляк обшил досками вход в берлогу и утеплил мхом. Он чувствовал себя раненным зверем — злым и грозным… К зиме он заготовил грибы и ягоды, навялил мяса и рыбы. Благо дичи и рыбы в местах этих глухих было во множестве, а охотник он, стало быть, один. Немцы в этот лес дремучий носа не совали, только полицаи появлялись на дальнем хуторе, да и то редко. К весне сорок второго Харлам был готов начать свою «святую войну». Он сильно похудел, отрастил бороду лопатой, как у деда, а в когда-то добрых его глазах поселилась лютая ненависть. Немцев он подстерегал на лесной дороге, идущей вдоль болот, километрах в пятнадцати от своего логова. Основной добычей его были мотоциклисты — иногда двое, а то и трое. Он обучил Тихона, своего огромного лохматого друга, выбегать перед фашистами на дорогу и лаять почём зря. Ездоки от неожиданности притормаживали, а это Харламу и было надобно. Два или три метких выстрела кончали дело в минуту. Трупы и мотоциклы Беляк топил в болоте, а оружие, документы, сигареты и, если был, какой провиант уносил в берлогу. В холодные зимние вечера, сидя в своём логове, он вспоминал жизнь свою с Малашей, отнятую фашистами, и временами выл, как волк, пугая Тихона, дремавшего рядом. Через год на его счету было двадцать три немца. Летом сорок третьего он подумал было податься к партизанам, но не сделал этого, потому как не одобрял того, что они порой обирали своих же людей, чтобы обеспечить отряд провиантом. Фрицы и не догадывались о том, кто раз за разом убивает их солдат, списывая всё на счёт партизан.

К моменту, когда светская армия освободила Белоруссию, Харлам похоронил в болоте пятьдесят восемь фашистов… Орудийная канонада стихала, удаляясь на запад. Сразу же за волной советских солдат к берлоге Беляка подошёл отряд Смерша. Харлама допрашивал розовощёкий капитан. В «сказки» Беляка, как он их назвал, офицер не поверил. Не поверил он и тогда, когда Харлам показал ему тайник с грудой немецкого оружия. Назвав его фашистским прихвостнем, приказал расстрелять на рассвете. Тело Харлама Беляка закопали рядом с берлогой. Тихон умер на могиле своего хозяина через три недели…

В Белоруссию возвратилась советская власть.

Поп Аким

История эта берёт начало в конце семнадцатого века, когда входил в силу молодой царь Пётр Первый. Но сказ этот не о нём, а о попе—о попике, потому как был он росточка маленького и такой худой, что в профиль не видать. А вот голова у него была загляденье, да и только: кожа белая да гладкая, как девичья, ряд ослепительно белых ровных зубов, красиво очерченные губы, прямой нос, чёрная бородка, слегка вьющиеся волосы и синие, как весеннее небо, глаза. Такие, что в них утонуть можно. Родителей своих он не помнил, а до семнадцати лет жил в семье у попа Алексия Чернова, который, заметив смышлёного мальчугана, взял в свой дом, вырастил, как сына, воспитал и привил любовь к наукам и языкам. Памятью Бог мальчугана не обидел, и тот шпарил Библию наизусть без единой запинки.

Скончался Алексий в глубокой старости—было ему семьдесят три. Последний год жизни болел он тяжко животом и зная, что уходить ему в скорости к Богу, отписал куда надобно, а заполучив ответ, отдал то письмо Акимке и строго приказал вскрыть токмо по его кончине. На похороны собрался народ со всех деревень в округе. Уважали попа Алексия за праведные деяния и за жизнь прожитую честно. Оплакали покойного, а вскорости приехал и новый поп Михаил Игумнов. Худо-бедно жизнь пошла своим чередом.

Аким Аникин продолжал служить в церкви и всё не решался письмо, даденое ему учителем своим, открыть — чувствовал, что бумага эта изменит всю жизнь его. Как-то вечером зашёл в келью к нему отец Михаил, присел на табурет, усадил Акима супротив себя и спросил:

— Ты почто письмо Алексия не открываешь?

У Акима глаза на лоб вылезли:

— Откуда про письмо то ведаешь?

На что поп ответил:

— Чернов отписал мне за два месяца до кончины и просил тебя здесь не держать, но отпустить, как про то в письме указано. Ты вот что, отрок, — пробурчал Михаил, — письмо-то открой и прочти, а завтра поутру и обсудим.

С тем священник встал, оправил рясу, потрепал парня по плечу и вышел, тихо прикрыв за собой дверь в келью.

Аким зачерпнул ковшик воды из бадьи, залпом выпил, сел на табурет у стола, подвинул свечу поближе к себе и дрожащими руками вскрыл письмо.

Аким

Как письмо моё прочтёшь, то поутру собери вещички, запряги лошадёнку, которую отец Михаил тебе даст, возьми хлеба да воды в достатке и езжай в деревню Сосновку, что вёрстах в тридцати на север от нашего прихода. В деревне той есть старенькая церквушка, а попа уж давно как нет. Так вот, найдёшь дом мужика Прохора Парфёнова и скажешь, что ты, дескать, от Алексия Чернова. Мужик тот осведомлён о тебе и будет твой первый помощник во всех делах.

С Богом,

Алексий Чернов

Аким перечитал письмо два раза, но ясности всё одно не было. Почто Алексий отсылает его от места родного, любимого… Промаявшись всю ночь без сна, рано утром отправился на разговор с отцом Михаилом, как тот приказывал ещё вчера вечером. Игумнов, завидев Акима, позвал служку и велел заложить телегу, а сам встал, вышел из комнаты, но вскоре вернулся с двумя тюками — один побольше, а второй поменьше, но видно тяжёлый. Поп указал на большой тюк, улыбнулся и пошутил, это, мол, твоё приданное: подушка, перина, кое-какая одёжа и прочий домашний скарб. Опосля поднял мешок поменьше, поставил на стол и говорит:

— Вот, Аким, это книги, которые тебе завещаны, дабы мог ты по ним продолжать своё обучение. Береги их — это самое дорогое, что у Алексия было.

Михаил умолк, о чём-то подумал, взял тюки и вышел на двор, где уже стояла лошадёнка. Служка погрузил вещи на телегу, подсыпал соломы, чтобы Акиму помягче ехать было. Михаил перекрестил парня и сказал:
— Ну, с Богом. Езжай.
Аким уселся на солому, тряхнул вожжами, и лошадёнка, потянув телегу за ворота, пошла мелкой трусцой (груза-то совсем ничего) на север к лесу, росшему в версте от церкви. Покуда Аким мог видеть, поп Михаил и служка стояли в воротах, как осиротели, и смотрели вслед удаляющемуся Аникину.

Поздним вечером Аким остановился у дома Парфёнова, слез с телеги и постучал в дверь. Поначалу в доме было тихо, но чуть погодя в сенях послышался шорох, дверь распахнулась, и из темноты вышел огромный детина лет двадцати. Потянувшись, он поскрёб затылок, зевнул и спросил:
— Чего надоть?

— Я с письмом от Алексия Чернова. Мне бы Прохора Парфёнова повидать, — произнёс Аким.

— Ежели Прохора, так это мой отец, но он уже на погосте как три месяца будет, — проговорил здоровяк. — Зовут-то тебя как?

— Аким Аникин я, — ответил ночной гость.

— Ну так бы сразу и сказал, — пробасил парень. — Входи в дом, гостем будешь.

Аким прошёл через сени в просторную горницу. За столом сидели мальчик лет пятнадцати и девушка примерно годом старше. Они внимательно разглядывали ночного гостя и перешёптывались. Детина представился Иваном и приказал парнишке принести вещи с телеги в дом да распрячь лошадь. Объяснил, что это его брат Савелий и сестра Глаша.

— Мамка наша померла десять лет назад, так что я теперь за старшего, — молвил он. — Глафира, собери гостю поесть, а там и спать пора, поздно уже, — сказал хозяин дома и вышел в сени.

Проснулся Аким с первыми лучами солнца, а вся семья уже была на ногах. Покончив с домашними делами, уселись за стол завтракать. Аким помолился на икону в красном углу, и вся семья принялась за еду. В полдень Иван запряг лошадёнку, погрузил нехитрый скарб Акима на телегу, и лошадка пошла в гору по дороге вьющейся вдоль берега реки. Вскоре из-за деревьев показалась луковка церкви с крестом, а через пяток минут въехали они на церковный двор через красивые резные ворота, где хозяйничал служка Евграф. Дворик был чист и ухожен, а сама церквушка стояла на высоком берегу реки, как бы прислонившись боком к скале, была она украшена красивыми наличниками да резными ставнями на оконцах. Вся она как бы грелась в лучах солнца и источала доброту и покой. Иван перехватил удивлённый неожиданным видением взгляд Акима и сказал:

— Мы с отцом и Савелием поправили и приукрасили церковку, тебя ожидали уж с полгода как. Я думал, ты не появишься вовсе. А отец вот не дожил, с медведем на тропе встретился, да подрал его зверь сильно. Шкура того косолапого в избёнке твоей лежит. Пойдём покажу тебе жилище твоё, оно за церковью у скалы притёрлось, — объяснил Иван и повёл Акима через двор…

Миновало пять лет. Аким женился на Глафире Парфёновой. Детей им Бог не дал. О попе из Сосновки по округе ходили легенды. Толпы народа собирались в церкви и во дворе послушать проповеди молодого отца Акима. Местный управитель да воевода захаживали в дом Аникина за советом да благословением. Сам Аким часто навещал соседские церкви и как-то само собой был признан главой церковной общины. Никто не мог поспорить с ним в знании церковных дел и языков. С женой Глашей жил он в мире и согласии.

Братья Парфёновы основали компанию по сплаву леса. Дело это разрослось и приносило немалый доход. Рядом со старым домом Иван и Савелий поставили новые просторные хоромы. Были оба женаты, имели детей и жили счастливо. Благодаря отцу Акиму и братьям Парфёновым Сосновка разрослась и похорошела. Войны да передряги разные не докатывались до Сибири, а посему дворы крестьянские были в достатке и покое.

Аким продолжал изучать языки и уже бегло читал и мог изъясняться на греческом, английском и французском. Латынь и старорусский он знал со времён обучения у отца Алексия Чернова. Но был один язык, что ему не очень давался — древнееврейский, а ему так хотелось прочитать Тору, мать всех религий, на её родном языке.

Как-то вечером сидел он за столом и тихо беседовал с женой. За окном бушевала метель, а дома тихо и уютно. Глафира почувствовала, что муж её чем-то последнее время озабочен, и спросила:

— Что-то не так, Акимушка? Чем чело твоё омрачено?

Тут Аким поведал ей, что мечтает прочитать Библию на древнееврейском, но язык этот без наставника даётся ему плохо. Глашу Бог умом не обидел, да и, как любая женщина, знала она про житьё-бытьё в округе поболе мужниного. Взяла она любимого за руку нежно так и молвит:

— Слыхала я от Дарьи, подружки моей, что в деревне Апатьевка, которая вёрстах в пятнадцати от Сосновки, есть еврейский молельный дом, что синагогой зовётся. Так вот там, говорят, раввин, что значит поп по-нашему, очень умный обретается, и что люди разных вер часто ходят к нему за умом-разумом. Может, Аким, ты бы к нему наведался и попросил его пособить тебе с языком-то этим странным.

«Вот шельма смышлёная жёнушка моя», — подумал Аникин, и мысль эта глубоко в его сознание запала.

Прошло полгода. Аким проштудировал все книги на древнееврейском, что у него были, собрался с мыслями и, решив боле не откладывать свой визит, покатил на телеге в Апатьевку. Деревушка эта была много меньше Сосновки. Примостилась она на излучине реки Якши. Местные жители промышляли охотой и рыболовством. Дворы были победнее, чем в Сосновке, но с голоду никто не помирал. Сибирь — богатый край.

Аникин подкатил к еврейскому молельному дому, когда солнце клонилось к горизонту. Была пятница — подходил Шабес. Аким постучал в дверь и застыл в ожидании. Через минуту на пороге возник средних лет мужчина в чёрном лапсердаке поверх жилета и с ермолкой на голове. Был он высок и сутул, не худой и не толстый, лицо его украшала густая седеющая борода и вьющиеся пейсы. Человек вежливо улыбнулся гостю, но большие карие глаза сверлили пришельца насквозь. Аникин представился, и хозяин пригласил гостя в дом, провёл его через молельную залу на жилую половину дома. У стола, находившегося посередине просторной комнаты, стояла женщина и три девочки, все были одеты в нарядные платья, а от кушаний, расставленных на столе, вкусно пахло. Раввин представил свою семью и представился сам. Звали его Реб Нахум. Пояснив Акиму, что пятница—это самый большой праздник, он указал гостю на место по правую руку от себя, а когда Аникин устроился за столом, раввин начал молитву… Было уже за полночь, когда поп и раввин прервали беседу и улеглись спать. Оба остались очень довольны друг другом, особенно познаниями в православной и иудейской религии. На следующий день перед отъездом Нахум дал гостю несколько дельных советов по изучению языка, и они уговорились, что раввин навестит Акима месяца через три, а покуда Ребе дал Акиму несколько книг и объяснил, что книги эти помогут в изучении древнееврейского. Священник ехал домой полный надежд, что через пару лет сможет читать Тору…

Встретиться с Нахумом Акиму больше не довелось. Через месяц после визита в Апатьевку по округе пронеслась волна погромов. Нахум и вся его семья были зверски убиты, а синагога сожжена дотла. Евреев в тех краях было всего ничего, да и тех больше половины уничтожили толпы пьяных мужиков, ну а те, кто выжил, снялись с насиженных мест и подались на Украину. На вопрос Акима, за что разоряете еврейские дома и убиваете невинных людей, ответ был прост: жиды распяли Христа. Аникин не понимал и не принимал зверств разъярённой толпы и, стараясь осмыслить происходящее, с удвоенной энергией взялся за изучение древнееврейского, чувствуя, что именно в Торе он найдёт ответ.

Прошло три года, и Аким с гордостью сказал своей жене, что он одолел этот не обычный для славянина язык. Теперь он мог наслаждаться чтением Торы. Новое необъяснимое восприятие религии будоражило его душу и заставляло мозг работать как бы с двух противоположных сторон. К Аникину приходило понимание изначальной веры, веры, исповедуемой людьми задолго до появления Христа. Пришло понимание того, кто был Христос, и почему он пытался изменить устоявшиеся каноны, и к чему привело его появление на свет.

Читая проповеди в своей церкви, Аким стал частенько останавливаться на полуслове и задумываться над тем, что ранее воспринимал как догму. Прихожане думали, что попа подводит память, не молодой уже, под сорок.

Ещё через три года Бог призвал к себе Глафиру, и Аким остался один. Он много разъезжал по деревням и проповедовал равенство православного и иудейского вероисповедания, но прихожан это мало интересовало—Россия для русских! Люди образованные считали, что Аникин лишился ума, и отказывались слушать его проповеди. Уездное духовенство даже предлагало отлучить его от церкви. Мало-помалу паства отвернулась от Акима, а братья Парфёновы стали обходить его стороной. Существовал он на скудные подаяния немногих прихожан, всё ещё навещавших церковь. Молясь Богу, он всегда просил мира между православными и иудеями, но с иконы на него смотрели холодные ничего не обещающие глаза.

Однажды ночью Аким проснулся как бы от толчка в спину. Открыв глаза, он осмотрелся, его окружала тишина ночи. Вдруг он скорее почувствовал, чем увидел светлое пятно на стене напротив иконы. Пятно это светлело и светлело, покуда не стало белым, как лист бумаги, и на нём стали проявляться буквы. Аким было подумал, что ему всё это видится во сне, и он сильно ущипнул себе руку, но нет, всё происходило наяву. Через пару минут вся надпись чётко высветилась красными буквами на белом пятне. Аникин присел на кровати и прочитал надпись. Была она написана справа налево на древнееврейском.

Ты начал то, что никто до тебя не пробовал сделать. Хвала тебе за то, что ты не пожалел себя, но пожалел семью Ребе Нахума. После тебя народятся люди, которые захотят пойти твоим путём, но удача не будет им сопутствовать. За всё это Россия жестоко расплатится через триста лет.

Аким прочитал надпись, и она моментально исчезла со стены вместе с белым пятном. Аникин услыхал тихий голос, но рядом никого не было. Он понял, что это глас Божий:

— Аким, ты сделал всё, зачем я послал тебя на землю. Пора возвращаться. Приветствую тебя.

Сознание Акима Аникина помутилось, и он покинул этот свет. Шёл одна тысяча семьсот тридцатый год.

* * *

Сильно постаревший пожизненный президент России В. В. Путин сидел за рабочим столом и, устремив взгляд в пустоту, думал. Мысли были тяжёлыми: экономика ни к чёрту, вооружение устарело, народ озлоблен, поголовное пьянство. Нужны умные руководители, чтобы вытащить страну из грязи и загнивания, но таких людей нет. Лозунг «Россия для русских!» не оправдал себя и довёл страну до точки. Оголтелый антисемитизм вынудил ещё остававшихся в России евреев покинуть родину. Другие нации последовали примеру иудеев и уехали из России.

Путин налил в стакан водки и залпом выпил. Приятное тепло разлилось по телу, но не принесло облегчения. Он выключил свет и прилёг на диван, положив руку под голову. Сон не шёл. Вдруг на противоположной стене появилось светлое пятно. Оно постепенно стало белым, как лист бумаги, и на нём красными буквами высветилась надпись на русском языке:

Много раз давал я возможность царям и диктаторам примирить русский народ с иудеями, но все они, и ты в том числе, не последовали моему указу, а продолжали политику оголтелого антисемитизма. А посему ты, последний правитель страны, умрёшь этой ночью. Душу твою я не приму. Через год Россия перестанет существовать как государство.

Путин прочитал надпись, и она исчезла со стены вместе с белым пятном. С последним вздохом он услышал тихий голос: «Будь ты проклят».

Шёл две тысячи двадцать девятый год…

Письмо другу, или Жизнь на макушке дерева

Ты когда-нибудь жил на макушке дерева? Нет? Не советую пробовать. Только вот беда в том, что хочешь ты этого или нет, но иногда приходится коротать свои дни на верхотуре. Но всё по порядку.

Мы с женой успешно проигрывали деньги в отеле «Цезарь» в Атлантик-Сити. Питались в приличных ресторанах — в общем, отдыхали. Неожиданно в среду вечером я почувствовал лёгкое недомогание, а ночью у меня сильно подскочила температура, и мы решили перестать отдыхать на два дня раньше запланированного срока, погрузили машину и поехали домой. По дороге я почувствовал, что у меня на лбу можно жарить оладьи, и жена направила автомобиль в сторону больницы в отделение скорой помощи. Сопротивляться сил у меня не было, и вот я уже на больничной койке в окружении резидентов и врача. Диагноз был поставлен в момент — воспаление лёгких. Меня сразу же начали пичкать антибиотиками, и тут я так скромно заметил, что у меня очень болит запястье правой руки, а посему потребовал таблетку болеутоляющего. «Как он посмел! — подумал врач. — Это же наркотик!»

Но у меня здорово болело, и первый доктор позвал второго. Через пять минут появился более опытный знахарь и спросил, где именно болит. Я показал. Он слегка пощупал руку в указанном месте и приказал остановить лекарства, которые я уже съел, и назначил другие. Доктору, назначившему мне антибиотики, и резидентам, продолжавшим с умным видом ковырять в носу, он объяснил, что у меня, вероятнее всего, скопление гноя в запястье и возможное заражение крови. «Упс!»—как говорят у нас в Америке в таких случаях. Как выяснилось через пару дней, я мог «потерять» кисть правой руки, если бы не диагноз «знающего доктора». Ковырявшего в носу врача не уволили: цвет кожи—большое дело! Коричневая кожа и африканский акцент позволили ему закончить медицинскую школу и поступить на работу в относительно приличную больницу, где «ничегонезнание» было нормой.

В этом госпитале знающие своё дело врачи-консультанты появлялись раз в неделю, то есть я должен был ждать два дня, до понедельника, пока придёт «знающий врач». Доктор номер два понимал, что за эти пару дней я, пардон, мог загнуться, и мучительно искал выход из положения. Моя жена, прочувствовав ситуацию, немедленно позвонила нашему сыну (он врач-радиолог), и через пять часов я был переведён в нормальную больницу, в которой работали доктора, знающие своё дело. Лечебница эта находилась в часе с лишним езды от моего дома. Далековато, но ничего не поделаешь.

Первым делом врачи попытались выяснить, где источник заражения крови. Обсудив три возможных варианта, они не пришли к соглашению, но порешили, что без хирургического вмешательства я могу отдать концы, да и руку надо спасать (помнишь, как у Райкина: «Дом застрахован? Да, надо гасить»). Суть да дело: привезли меня в операционную, где специалисты с разными трубками и остро режущими предметами объяснили мне, что со мной будут делать. Потом меня подключили к дюжине разных приборов и машин, ни дать ни взять космонавт перед стартом космического корабля, да и только. Когда в операционной появилось главное действующее лицо — хирург, мне на нос напялили маску и сказали, чтобы я начал считать от ста назад. После девяносто семь не помню ничего. Очнулся я часа через два от боли в запястье правой руки. Я начал ворочаться и издавать нечленораздельные звуки, и медсестра вкапала мне морфий, отчего я впал в приятное забытьё…

Через три дня меня выписали из больницы и отправили домой выздоравливать — койка нужна для следующего пациента. Но не тут-то было… Анализ показал, что заражение крови прочно обосновалось в моём теле и продолжает пакостить, как только может. И вот я опять в том же госпитале, в той же операционной, в окружении той же команды врачей. Хирург объяснил мне, что необходимо удлинить надрез на руке, сделав его сантиметров на пять длиннее первого, чтобы лучше прочистить внутреннюю часть моего запястья. Я только сказал:

— Валяйте.

Всё последующее повторилось, как припев песни, и на четвёртый день я вернулся домой. В течение сорока дней, каждые восемь часов, моя жена вливала в меня антибиотики через специальное приспособление… Помогло, но не совсем. А посему врачи взялись за меня с другого конца: им не понравился мизинец на правой ноге… и вновь та же больница, та же операционная, но другая команда докторов — специалисты по ногам. Хирург объяснил мне, что он должен удалить мой мизинец (оказывается, что удаляют не только зубы), потому что косточки, составляющие фаланги моего пальчика, трутся друг о друга и рвут мою диабетическую тонкую кожу, как туалетную бумагу. За одно он должен по-другому присоединить одно из сухожилий, чтобы ступня находилась в правильном положении. Я ответил, что не возражаю, подписал кучу бумаг и сказал, что эта операция сократит на десять процентов мои расходы на педикюр и поможет мне здорово уменьшить вес, в борьбе с которым я провёл последние двадцать лет моей жизни.

Пять дней в больнице и… меня перевели в дом престарелых, где я должен был восстанавливать силы, учиться ходить без мизинца на правой ноге да правильно держать вилки/ложки после двух операций на правой руке. Заведение это я окрестил «Тамбур». Почему «Тамбур» — очень просто, у меня было три выхода через этот самый «Тамбур»: первый — переход в следующий вагон, то есть дорога домой, второй — тамбур заперт, и ты остаёшься в этом вагоне навсегда, третий — ты выходишь в тамбур, открываешь дверь вагона и прыгаешь на ходу поезда, падая прямо на кладбище. Что, друг мой, сильно закручено? Да, закручено будь здоров, но что делать, когда я именно так обдумывал три возможных варианта. Правда, где-то в мозгу крутилась ещё одна мыслишка — что доктора могут мне ещё что-нибудь отрезать, но я гнал её прочь.

Итак, «Тамбур». Трёхэтажное здание, расположенное в лесопарке в южной части штата Нью-Джерси. Всё, что можно было видеть из окна, — это верхушку дерева, вот на этой самой верхушке я жил, зная все веточки, листочки и птичек. Стены дома престарелых густо унавожены картинами типа «Времена года» и фотографиями передовиков производства. Полы, за исключением зала физической терапии, покрыты карпетом, а обслуживающий персонал разговаривает вполголоса. Комнаты для древних обитателей этого дома, включая меня, обставлены простой, удобной мебелью: две кровати, два платяных шкафа, две тумбочки, два столика и два кресла. Каждая комната рассчитана на двоих обитателей с занавесом-перегородкой посередине. Сестёр, нянечек и администраторов я разделил на три категории: хорошие — таких много, нехорошие — таких немного, и гадкие — таких мало, но пакостят они много. Удивительно, но эти пакостники за что-то сильно сердятся на нас — пациентов этой «Вороньей Слободки». Я пробыл в этом заведении почти четыре недели, но так и не понял, чем я перед ними провинился.

Пошли дальше. Привезли меня на второй этаж и разместили в комнате в торце одного из четырёх крыльев. Пока меня «катали» в инвалидном кресле, я сообразил (всё-таки инженер по образованию), что если посмотреть на это здание с высоты птичьего полёта, то оно имеет форму креста. Не понимаю, почему оно имеет именно такую форму (намёк на кладбище?), ведь этот дом построен на деньги еврейских спонсоров — значит должен был бы иметь форму шестиконечной звезды. Ну да ладно, бог им судья.

В три часа дня меня привезли в «номер». Моё место в комнате оказалось у окна, и это мне очень понравилось: во-первых, я обожаю смотреть в окно, а во-вторых, кондиционер-отопитель располагался у подоконника, что давало мне право устанавливать температуру по своему вкусу. Мой будущий сосед по имени Ник, в соответствии с табличкой на стене, спал, бормоча при этом что-то невнятное. Сопровождавшие меня старшая медсестра и дежурная по этажу задали мне уйму вопросов, некоторые из коих показались мне довольно странными, к примеру — не посещают ли меня мысли о самоубийстве и как я отношусь к гомосексуалистам, и удалились по окончании пресс-конференции. Я разложил свой нехитрый скарб, уселся в кресло и стал обдумывать ситуацию, в которой оказался. Почему я именую это ситуацией? Да потому, что мне сказали, что я пробуду здесь минимум шесть недель. Шесть недель вне дома— для меня очень много. Нет, я могу находиться вне дома очень долго, если со мной рядом пребывает моя жена, но в одиночку—это пытка! Эта черта характера впервые проявилась у меня, когда я посещал детский сад: я не мог есть, меня рвало, я убегал домой, за что бывал наказан. Худо-бедно я научился терпеть ссылки, но с годами ненавидел эту экзекуцию всё больше и больше. Вот так сложилось, что, будучи дедом, я почувствовал себя ребёнком в детском саду. Жуть, да и только.

Остаток дня пролетел удивительно быстро, наверное, потому что я устал от хлопот с переездом. В тот вечер я в первый раз обратил внимание на дерево, росшее за окном, и представил, что живу на его макушке. Это было удивительное чувство необыкновенности, которое я не испытывал с детства, когда представлял себе, что я нахожусь рядом со сверкающим наконечником новогодней ёлки. Стемнело. Давала о себе знать правая нога. После операции ступня была забинтована, и наступать можно было на пятку, да и то только слегка. Я проковылял с ходунком в туалет, совершил вечерний моцион и в девять часов уже лежал в постели. Заснул я мгновенно… вдруг яркий свет, шум, суета. На часах одиннадцать тридцать. Что-то не так с моим соседом: он выкрикивает невнятные слова и мычит, как бык. Его еле-еле удерживают в кровати два дюжих санитара, а медсестра пытается откинуть халат, в который он одет, чтобы сделать ему успокоительный укол. Наконец ей это удаётся, и через пару минут Ник впадает в забытьё. Санитары пристёгивают специальными браслетами его руки и ноги к раме кровати. Медсестра поворачивается ко мне и спрашивает, не испугался ли я. На что я отвечаю, что я выходец из СССР и видывал и не такое. Она улыбается, оценив мою шутку, и задёргивает занавес между кроватями. Свет в палате гаснет, и я остаюсь лежать в темноте, быстро проваливаясь в сон… Внезапно просыпаюсь в два часа ночи. Мой сосед беседует во весь голос сам с собой, обещая своей жене потрясающий секс, со всеми подробностями и измерениями длины и времени. С таблички на его кровати я знаю, что он доктор и ему семьдесят один год. Упомянул я эту табличку потому, что меня поразило его потрясающее знание матерного языка. Я по образованию инженер-сантехник, и по роду моей профессии мне положено знать «ругательный» язык, но познания в нём доктора поразили меня до глубины души. Он просто Шекспир в матерщине. Удивлялся я его «познаниям» в английском языке до утра… Ник замолчал в пять тридцать пять, как будто выключили радио — враз. Заснул я примерно через пять минут, а проснулся через шесть. Ник храпел, как несмазанные колёса телеги… В шесть утра налетел рой медсестёр, и до семи тридцати они мерили температуру, давление, изучали цвет и измеряли количество мочи в «ночных вазах», спрашивали, помню ли я свой день рождения, где я и откуда родом и что у меня была за операция. Ещё их очень интересовало, имел ли я стул и не больно ли мне было мочиться. Всё это они обсуждали со мной, вежливо улыбаясь, как будто мы говорили о том, какой шоколад я предпочитаю: чёрный или белый. Восемь утра — завтрак, один запах которого уже вызывает тошноту. На подносе вместе с едой лежит листочек бумаги, в котором я должен отметить, что я предпочитаю на ланч и обед. Хотел написать, что я предпочитаю нормальную еду, а не отбросы, но просто поставил галочки у наименований. Посмотрю, что принесут, если не скончаюсь от завтрака, который съел.

Прошла неделя. Я поставил себе задачу — как можно быстрее восстановиться, а посему потел в спортзале, продолжая делать как можно больше упражнений в своей комнате. Чтобы быстрее набраться сил, поедал всю гадость, что приносили три раза в день, закусывая её тем, что приносила жена. В свободное время читал моего любимого Пушкина и пытался писать. Каждый день с четырёх до восьми вечера к Нику приходил сын и сидел рядом с ним, работая на компьютере, пока мой сосед спал. Покормив отца обедом, он уходил, и с девяти часов начинались мои страдания: Ник в беспамятстве обсуждал с женой громовым голосом следующий половой акт. На третий день моего пребывания в этом «уютном уголке» я попросил медсестру перевести меня в другую палату, но, увы, мест не было. Тогда я попросил перевести какого-нибудь «психа» на моё место, чтобы двум «мужчинам» было о чём поговорить, а меня разместить с каким-нибудь травматиком. Сестра выслушала моё предложение и, наклонившись, шепнула мне на ухо, что в других комнатах ещё «веселее» и что мой сосед не самый плохой вариант. Я попросил её позвать ко мне старшего администратора. Минут через двадцать к моей кровати подошла интересная женщина лет сорока, представилась как менеджер дома престарелых и попросила изложить мои проблемы. Я изложил, сказав при этом, что если меры не будут приняты немедленно, я напишу статью в нью-йоркскую газету, где у меня есть связи, о том, как здесь издеваются над пациентами, и о качестве пищи. Администраторша не моргнув глазом ответила:

— Ковид, — развернулась на сто восемьдесят градусов и вышла из палаты.

Я опешил… и продолжал слушать сексуальные инсинуации моего соседа, глядя на экран телевизора. Да, жизнь на верхушке дерева имеет свои изъяны.

То, что произошло через день, доказало мне, что Бог есть. Привезли меня в кресле из спортзала, а моего соседа и след простыл. Мой физиотерапевт-инструктор, дама лет тридцати и ростом примерно сто восемьдесят пять сантиметров, помогла мне перебраться в кресло и, прикрыв дверь в коридор, прояснила ситуацию. Оказывается, что администратор, приходившая ко мне, была просто дежурная по этажу, и она была обязана доложить менеджеру про «газету». Главный администратор сразу сообразила, что «пахнет жареным», и немедленно приняла меры. Ника отпустили на три дня погостить домой — это делают с постоянными жильцами богаделен, как наша, с тем, что когда он вернётся, его поместят в другую палату. Мой громадный инструктор относилась ко мне с большим уважением за то, что я просил её давать мне предельные нагрузки, чтобы меня выперли из «Вороньей Слободки» максимум через три недели. Ну а когда она узнала, что я был мастером спорта по баскетболу, вообще растаяла, потому что сама играла за свой колледж. Я раскатал губу — один в палате! Ура! Но не тут-то было.

Вечером того же дня меня известили, что я получаю нового соседа. Вот она, месть оскорблённой женщины-администратора! Я жутко расстроился… но, как позже выяснилось, напрасно. Ночью, часа в два, в комнату привезли моего нового соседа. Это была первая спокойная ночь моего пребывания на верхушке дерева. Человек за занавеской не храпел, не разговаривал со сна и не падал с кровати — он тихо спал. Спасибо, Боже! Мне подкинули здорового больного! Утром мы познакомились. Он был наш брат русский еврей моего возраста по имени Миша. Привезли его сюда из больницы восстанавливаться после проблем с камнями в почке. Завтракая, мы поболтали минут сорок, и нас развезли: его на процедуры, а меня в спортзал. Удивительно, но еда в это утро показалась мне вкусней. Пока меня везли на первый этаж, я окрестил своего нового соседа «Швой парень без претензий» или просто ШП. Есть у меня, как у человека пишущего и почти всегда «гениальные произведения», такая привычка — давать новым знакомым, с которыми меня свела судьба, клички и прозвища. Оба моих соседа по комнате «виноваты» в том, что я мало написал: Ник — тем, что постоянно пропагандировал свои сексуальные теории, а Миша — в том, что мне хотелось разговаривать с этим человеком больше, чем писать. Зато информации я набрал полный короб. Люблю слово «кликнуло». Так вот, по-моему, у нас с Мишей «кликнуло». Не могу говорить за него, а у меня точно так и произошло. Через пару дней мы знали так много о жизни друг друга, что мне казалось, я знаю этого парня по меньшей мере лет двадцать. Мой сын через год после нашего приезда в Штаты, когда ему было двенадцать лет, сказал мне, что ему очень одиноко в Америке: у него нет друга, потому что, как он объяснил: «Все ребята его возраста уже разобраны». У меня было два настоящих друга. Один ушёл из этой жизни десять лет тому назад, а другой живёт в ста километрах от моего дома, так что видимся мы нечасто. Так вот, что я хочу сказать: похоже, что я нашёл друга, когда «мотаю» уже восьмой десяток.

Говорили мы о многом, и вот однажды ночью, когда мы оба не могли заснуть (это бывает у молодёжи нашего возраста) и смотрели в телевизор, как вдруг, выключив звук, Миша спросил, не хотел бы я послушать одну историю о семье его жены. Я пишущий человек, и новая история для меня, как манна небесная.

РАССКАЗ МИШИ

Дед Милы, моей жены, родился в конце девятнадцатого века в городке Малин Житомирской волости, и нарекли его Шмылык Черняховский (прошу не путать с великим военачальником). Вскоре малыш лишился родителей — их жизни унёс еврейский погром: решение еврейского вопроса по-российски. В тысяча девятьсот двенадцатом году семья распалась: две старшие сестры уехали в Америку, а брат — во Францию. Всё что сохранилось — это документ с записью об их отъезде за границу и название корабля. Четырнадцатилетний Шмылык, оставшись безо всякой поддержки, устроился на работу. Хозяином его был состоятельный еврей, гонявший парня до упаду. Но, как говорится, судьбы решаются на Небесах. Увидав в «голодранце» деловую хватку, хозяин отдал свою единственную дочь Фейгу замуж за своего батрака (повторение истории Ребе Акивы через тысячу лет?). Шмылык и Фейга произвели на свет троих детей. Старший, Пейсах, родился в тысяча девятьсот двадцать третьем году, это и был отец моей жены Милы. Жизнь шла своим чередом: дети взрослели, а родители седели. В августе сорок первого, когда немцы уже были на подступах к Киеву, Милиного деда призвали в армию. Новобранцам выдали обмундирование и винтовку с боекомплектом из расчёта одну на десять бойцов и объяснили, что они должны добыть оружие в бою, отобрав его у фашистов. В первом же столкновении половина призывников полегла — это очень трудно, вое-

вать без военного снаряжения, а вторая половина попала в плен. Первым делом немцы вызвали из строя евреев и коммунистов и немедленно их расстреляли. Шмылык из строя не вышел и, что было самое удивительное, никто его не выдал. Его спасла внешность: он не был похож на еврея. Высокий мужчина со светлого цвета глазами не привлёк внимания носителей европейской культуры. За пачку папирос один из военнопленных обменялся со Шмылыком местами в группах пленных, и он попал в барак, где его никто не знал.

Вскоре всех пленных отправили поездом в Германию в трудовой лагерь. Шмылык знал, что он говорит с сильным еврейским акцентом, и прикинулся солдатом, потерявшим голос от контузии. Трюк этот оправдал себя, но стоил ему жутких мучений и нервного напряжения. Четыре долгих года он выдавал себя за немого, днями работая на фермах, разбросанных в окрестностях лагеря. В тысяча девятьсот сорок пятом американские войска освободили заключённых трудового лагеря и определили нашего героя на работу в военный госпиталь. Администрации госпиталя понравился спокойный работящий парень из России, и ему предложили переехать в Штаты. Он отказался—в Киеве осталась его семья.

Возвращаясь на родину, Шмылык не питал больших надежд на то, что увидит свою жену и детей—мало кто из еврейского населения Украины остался в живых после немецкой оккупации. Но какая-то непонятная сила заставляла его вернуться в Киев. Люди называют эту силу «Провидением». По возвращении в город семью свою Шмылык не нашёл, но узнал, что Фейга с детьми в сорок первом году эвакуировалась в Среднюю Азию. Дом, в котором находилась его квартира, чудом уцелел, но... Это было «Но» с заглавной буквы—квартиру и мебель у Черняховских отобрали. Это было сделано совершенно официально—Шмылык побывал в плену. Таков закон, и всё тут! Одна винтовка на десять бойцов— это тоже был закон. Прикладом этой вот винтовки да по усатой роже! Вот это был бы правильный закон! Не мытьём, так катаньем: погромы запрещены, так будем пакостить жидам, как можем. Он ночевал на вокзале, а днями бегал по инстанциям, наводя справки о возможном местонахождении семьи. Советским бюрократам была до одного места просьба «предателя родины», но Яхве смотрел на это дело со своей точки зрения, и на седьмой день мытарств товарища Черняховского он сделал так, что ему выдали справку с названием городка, где обретались его родные. Шмылык штурмом взял поезд, который направлялся в Среднюю Азию, и через десять дней прибыл в городок, где ютилась его семья. Встреча была радостной, но вскоре слёзы счастья сменились на горькие: Шмылык узнал, что от скарлатины умерла его младшая пятилетняя дочурка.

Утром следующего дня Пейсах рассказал отцу свою историю. В августе тысяча девятьсот сорок первого года всех учеников старших классов послали на рытьё окопов. Целую неделю ребята работали от рассвета до заката, а когда немцы подошли очень близко к городу, школьников отправили обратно в Киев. Пейсах прибежал домой, но в квартире никого не было. В тот же день он узнал от соседей, что маму с сёстрами эвакуировали в Среднюю Азию. Мальчик остался один. Той ночью Яхве опять вмешался в жизнь семьи Черняховских: Пейсаху приснился сон, в котором мама рассказала о принудительной эвакуации и умоляла его приехать к ним. На следующий день парень покинул Киев на последнем поезде, идущем на восток. Через день после его отъезда в город вошли немцы. Почти месяц мальчик добирался до места, куда была отправлена его семья. Он нашёл маму и сестёр в маленьком городке с одним арыком и одним магазином. В этом городке они пробыли всю эвакуацию, закончил свой короткий рассказ Пейсах. Отец выслушал сына, погладил его по голове и долго смотрел в небо немигающим взором, с трудом сдерживая слёзы.

В том же сорок пятом Шмылык с женой и детьми вернулся в Киев. Они сняли небольшую комнату, и Черняховский устроился на работу в больницу. Фейга занималась хозяйством, а Шмылык работал как вол: свою смену и все возможные сверхурочные, чтобы как можно скорее собрать деньги на покупку квартиры. Через два года, когда они были у самой цели, правительство СССР приняло решение о денежной реформе, и на собранные с таким трудом деньги теперь можно было купить несколько мешков картошки или топить печь в зимние холода. Но ничто не могло остановить Шмылыка: он продолжал «пахать» в больнице и к тысяче девятьсот сорок девятому году всё же собрал достаточную сумму денег. Они с Фейгой купили квартиру на первом этаже частного дома. Две комнаты, кухня и все удобства во дворе—мечта исполнилась, и семья зажила счастливой жизнью, по-советски. В том же году они взяли на воспитание племянницу, девочку семи лет, которая осталась сиротой. Они сами только-только сводили концы с концами, но добрые души не могли позволить, чтобы ребёнка отдали в детский дом. В семье опять стало трое детей: один мальчик и две девочки.

Шмылык и Фейга жили душа в душу. Все трое детей выросли, получили высшее образование, и у всех из них теперь были свои семьи. Но не всё в жизни проходит бесследно: в тысяча девятьсот семьдесят третьем году *сердце Фейги остановилось — сказались тяготы жизни: война и тяжкие послевоенные годы. Шмылык пережил свою Фейгеле на восемнадцать лет и умер во сне в девяносто первом году. На пенсию он вышел в восемьдесят лет, и до самой своей кончины помогал дочери по хозяйству. Похоронен Шмылык был на еврейском кладбище возле Гостомельского шоссе. В две тысячи двадцать втором году русская авиация бомбила «военные объекты»: дома вдоль этой дороги, и одна из бомб угодила в могилу рядом, но захоронение Шмылыка не пострадало. Я думаю, продолжал Миша, что это Яхве вмешался и сохранил в неприкосновенности останки честного, хорошего и очень доброго человека.*

Все послевоенные годы Шмылык пытался найти своих сестёр и незадолго до смерти отдал Пейсаху их фотографии и попросил его продолжить поиск родных. С тем он и ушёл в мир иной. Двадцать первый век — это вам не хухры-мухры, спасибо тесту на ДНК и, конечно же, Всевышнему, мы нашли внуков сестёр Шмылыка. Вот так наша семья вновь объединилась. Пейсах был счастлив, что смог исполнить просьбу Шмылыка и собрать семью воедино, как собирают из осколочков стекла сказочной красоты панно. Он любил повторять: «За что эта страна дала мне всё — я не проработал здесь ни одного дня». Пейсах ушёл из жизни счастливым человеком, — закончил свой рассказ Миша.

Снова дома. Ура! Я слез с верхушки дерева. Моя подушка, моё кресло, мой компьютер и моё окно, через которое я смотрю на мир. Но снова сорок дней антибиотиков через каждые восемь часов: в пять часов дня, в час ночи и в девять утра… бедная моя жена, дико устающая от этого мучительного ритма. Мне что? Проснулся… заснул… поел… заснул… А ей—работа, дом, прочие дела и нервы, нервы, нервы… Я не знаю, откуда она черпала силы, чтобы всё это поднять. Наверное, это и называют любовью: всё без остатка для любимого человека.

…Закончились вливания антибиотиков, сделали анализ крови и выяснили, что заражение крови всё ещё сидит во мне. Но где? Врачи почёсывали «тыковки», поглаживали подбородки, ходили с умным видом из угла в угол кабинетов, думая, что бы ещё мне отрезать. Я здорово устал от этого подвешенного состояния неизвестности, но, что интересно, был совершенно спокоен. Нет, я пребывал в состоянии «будь, что будет», но верил, что всё будет в порядке. Почему же я был так уверен в том, что меня вылечат? Всё очень просто: в команде врачей, боровшихся с моим недугом (как потом мне стало известно, я был одной ногой на том свете), был мой сын. В общем и целом, я доверяю докторам, а своему сыну и как человеку, и как врачу я верю безоговорочно. Почему? Он—врач от Бога. Мой наследник хотел стать доктором с семи лет от роду. И он им стал. Я знаю многих людей, включая моего близкого друга, которые обязаны моему сыну своей жизнью.

Итак, думали доктора, думали и решили, что виной всему мой pacemaker, вшитый в моё тело между левым плечом и шеей около двух лет тому назад. Врачи решили действовать и как можно скорее. Я дал согласие, и всё закрутилось, завертелось… И вновь я в больнице, но уже в другой, не в самой лучшей, а в той, где хирурги, которым отдал предпочтение мой сын. А это, как вы знаете, имеет для меня решающее значение. Команда хирургов должна была сделать мне две операции, одну за другой, без перерыва. В первые полтора часа хирург удалил старый pacemaker, который просто плавал в гное. Он и был источником заражения крови. Удалив эту «бяку», врачи основательно промыли мои внутренности и зашили «дырку» в моём теле. Молодцы! Но проблема в том, что моё сердце нуждалось в удалённом приборе, и началась вторая операция, которая тянулась около двух часов, во время которой я успешно продолжал… спать. Для хирурга это была очень непростая операция: он должен был установить «новый приборчик» на внутреннюю стенку сердца. Называется эта штука «пуля», потому что выглядит и по размеру напоминает малокалиберную пулю. Доктор знал, что он делает, и я проснулся в послеоперационной секции больницы с «пулей» в сердце, а через пару часов вернулся в свою палату.

Сейчас, когда я пишу эти строки, я уже почти год как дома. Занимаюсь своим любимым делом: пишу стихи и прозу. Кстати, сегодня закончил сказку для детей, которая называется «Добрая сказка». Очень доволен этой работой. Надеюсь, что детям понравится. Чувствую себя нормально, чего и тебе желаю.

Твой друг, Бобка.

P. S. Дерево перед моим окном выросло, и я снова живу на верхушке, а это так здорово!

Исповедь

Я не знаю ещё точно, что это будет, но не написать этого не могу. Мысль уже сидит во мне плотно, и корни её, как раковые метастазы, оплели всё моё нутро.

Взяв в руки перо, я ощутил ни с чем не сравнимое чувство — чувство подавленности и моральной дистрофии. Исповедь — это правда в высочайшем смысле этого слова, а как писать эту самую правду, какими словами её выразить и какими красками расцветить, чтобы не оказалась она низкой ложью?

Я не помню, как именно дословно, но Лев Толстой однажды сказал, что писатель прежде всего должен любить себя и через эту любовь он придёт к любви к людям. Но где та грань, которая отделяет себялюбие от любви к себе, любви честной и правдивой? Где то сочетание красок, которое дало бы людям понимание моей любви к ним? Где та черта, которая отделяет любовь всепрощенческую от любви искренней и прозрачно-чистой, как горный источник, из которого родятся бурные потоки и великие реки?

Да, жизнь — как река, и чем чище эта река жизни, тем чище человек, её проживший. Вся беда в том, что я не родниковый — я из болота. И пусть я, вобрав на пути моём к морю, реки жизни других, выгляжу раздольным и полноводным, но всё равно я мутный: рождённый в болоте.

Как хорошо сказано: «Человек—это звучит гордо!» Но чем же тогда измерить всю глубину лицемерия великих, писавших о страдании народа и одновременно спокойно взиравших на моральное и физическое уничтожение оных? Как тогда понять человека, который, придя в лоно веры, доверительно говорит, что когда он будет одной ногой в могиле, он расскажет о своих мирских делах такое, что многим будет не по себе, и улыбнётся при этом язвительно хитро:? И как же принимать за человека величайшего писателя России, который по сути своей был антисемитом (статья Владимира Васильевича Стасова о гениальности)?

Так как же писать Исповедь свою? Ежели только правду, то не покажется ли это, мягко говоря, странным? Странным той своей стороной, о чём не особенно можно рассказывать, не боясь задеть кого-то или выставить в неправильном свете. Если есть такие опасения, то как писать эту самую Исповедь, ведь это будет полуправда, и люди, которым она предназначена, не примут её, охаяв вчистую и забросив её в дальний угол.

Есть и другая сторона медали. Исповедь неженатого человека ещё могла бы быть в какой-то степени правдивой, а человеку, обременённому семьёй, нужно быть предельно осторожным, дабы не оскорбить человека близкого и не дать дурной (дурной ли?) пример детям и внукам своим.

Так как же писать Исповедь свою? Обратиться в лоно церкви и исповедоваться присту? Но немало тому примеров, когда исповедь против исповедующегося и оборачивалась. Но ведь тебе подобные и сами грешны. Грешны все без исключения, потому как ошибки, совершённые в юном возрасте, частенько висят на тебе всю жизнь и до конца дней твоих тяготят тебя своей тайной.

А ошибки, совершаемые в зрелом возрасте, — это чаще не стихия, но расчёт, основанный на отношении людей к твоим вероятным решениям.

Незряшная поговорка «за одного битого двух небитых дают». Как часто можно прочитать в критических статьях о каком-либо произведении, что автор в образе положительного героя выказал многие черты своего характера и устами своими высказал личное отношение к жизни в целом и к некоторым людям в частности. Но ведь тот же автор нарисовал и отрицательных героев. Позволительно будет спросить, с кого он писал эти образы и чьи мысли вкладывал он в их «отрицательные» головы? Не прибегая к сложным доказательствам, можно с уверенностью сказать, что и в «плохой» персонаж автор вложил свои мысли, а часто и поступки свои низкие. На мой взгляд, это аксиома.

Так как же писать Исповедь, если даже в самом высоком человеческом чувстве — инстинкте продолжения рода — хоть отбавляй фальши? Фальши злой и ужасной, потому что, живя в одном городе, встречаешь человека, клянёшься ему в любви, живёшь с ним и наживаешь детей. А ежели живёшь ты в другом городе или того хуже: в другой стране? Тогда совсем другому человеку клялся бы ты в любви. Как быть с этой «стороной» правды человеческих отношений? Ведь получается, что в зависимости от того, где ты живёшь и кого встретил, рождается человечек с генетическим кодом совершенно отличным от того, каким он должен был бы быть в идеальном стечении обстоятельств. И даже такие герои, как Ромео и Джульетта, в этом контексте выглядят больше неуравновешенными детьми с принципом «запретный плод всегда слаще», нежели идеальной любовной парой.

Вот и получается, что подавляющая часть человечества является производной физического стремления полов. А из этого следует, что понятие «любовь» не только абстрактно, но и во многом надуманно (а возможно, и просто придумано).

Вот вам и Исповедь! Мне могут возразить, сказав, что прежде, чем наступает физическая близость, люди узнают друг друга. И здесь я позволю себе не согласиться. Есть несколько основных форм сближения мужчины и женщины. Первая — довольно длительная физическая близость, после которой делается предложение. Этот принцип строится прежде всего на влечении физическом. Вторая форма — короткая пора ухаживания без физического сближения (чаще всего из-за боязни каких-то собственных физических недостатков), а само сближение происходит после свадьбы. Этот принцип также строится на влечении друг к другу, но переносится гораздо тяжелее обоими генотипами из-за физической неудовлетворённости. И третья форма — боязнь остаться одиноким в старости. Эти люди чаще всего знакомятся по рекомендации и смотрят на будущего партнёра с точки зрения обеспеченности и спокойствия в жизни, а физическая сторона вторична. Но даже этот принцип частично строится на физическом влечении. Теперь я позволю себе задать вопрос: «Где же та самая любовь в высшем смысле этого слова, о которой так велеречиво, а зачастую и приторно пишется в стихах и романах, поётся в операх и танцуется в балетах? Я думаю, что человеку свойственна неудовлетворённость жизнью, и в первую очередь интимной. Вот из-за этого и пишутся, поются и танцуются истории любви. Эти чувства нам, простым смертным, так же не доступны во всём своём величии, как Сизифу его вершина. Наверное, поэтому экстремальные чувства человек переживает (по книгам) в Раю или в Аду, коих в реальной жизни не существует. И это (для меня) аксиома!

О какой же Исповеди может идти речь, если даже мы стесняемся себе признаться в том, что мы такие же животные, как и все прочие твари, которых по паре. Вот и получается, что намыслили мы себе очень красивую оправдательную сказочку о высочайшем чувстве — о Любви.

Пора понять, что если бы мы не кричали на каждом углу об абстрактности любви, о её необходимости, перестали мутузить это прекрасное чувство, а честно сказали бы, что это прежде всего физическое влечение, на котором строится, как на каркасе, вся мораль, то насколько было бы проще и честнее жить.

Мне могут возразить и попытаться доказать, что я не прав, но я думаю, что очень маловероятно, чтобы кто-либо мог опровергнуть мои мысли. И как доказательство могу сказать, что самые глубокие и искренние стремления и чувства человек обычно скрывает. И если он (человек) может людям сказать: «Я вас люблю», то физическую близость всегда скрывает от других, как величайшее таинство.

Я очень часто задумываюсь над тем, почему люди великие чаще других бывают подвержены половым отклонениям. Думаю, это происходит от того, что гениальные мысли и секс (да секс, но не любовь) это две экстремальные взаимоисключающие величины.

И в который уже раз спрашиваю себя: «Так как же мне быть с Исповедью?» — и не нахожу ответа. Но он должен быть. Я чувствую, что он где-то рядом. Мозг мой настолько наэлектризован этой мыслью, что кажется мне — он вот-вот замкнётся и вспыхнет молнией, осветив всё во мне, и даст толчок к пониманию «абсолютной правды». Вот это будет праздник! Праздник благородства Мысли и чистоты Сердца. Но даже представить себе, как это будет выглядеть, не могу, как не могу представить себе бесконечность Вселенной.

И пусть мне говорят, что я неумный циник, это меня нисколько не заденет. Потому не заденет, что я предложу своему оппоненту написать его Исповедь. Думаю, что результат окажется однозначным, т.е. его — результата — не будет. А не будет его потому, что Исповедь обозначит только то, что Исповедь как таковая невозможна.

Резюмировать всё вышесказанное могу только одним примером: так же, как Эйнштейн доказал невозможность достижения человеком скорости света из-за разложения оного на электроны, так же считаю, что Исповедь в чистом виде невозможна, так как приведёт к полному моральному разложению, поскольку окажется в полном вакууме, который люди создают для некоторых индивидуумов гораздо лучше, чем это делают мощные насосы на гигантских ускорителях заряженных частиц.

Страдание. Гениальность. Отклонения. Вера в Бога. Вера в дьявола. Правда. Ложь. Секс. Боль. Счастье… Всё это и есть всеобъемлющее понятие ЛЮБОВЬ. Пусть оно — это слово — локально и применительно только для какой-то единственной ситуации, тем не менее она — любовь — существует для тех двоих, которым просто повезло.

Любовь есть! Чёрт с ней, с Исповедью! Жизнь продолжается… Спасибо Галилею за «И ВСЁ-ТАКИ ОНА ВЕРТИТСЯ»!

Цена жизни

Прилетел я из Нью-Йорка в Мюнхен ранним утром и в одиннадцать уже сидел в комнате для совещаний филиала нашей фирмы в Европе. День выдался промозглый — январь в Германии не лучшее время года. Настроение было паршивое. Представители Москвы, с которыми я должен был встретиться, запаздывали. В ожидании россиян я медленно пил ароматный кофе и смотрел в окно на точки и тире азбуки Морзе, выбиваемые дождём по стеклу.

В полдень в дверях появилась секретарша и спросила меня, что бы я хотел заказать на ланч. Я ответил, что хотел бы как можно скорее увидеть моих коллег из Москвы. Через полчаса появился шеф нашего филиала господин Рауниц и сообщил, что в связи с непредвиденными обстоятельствами наша встреча откладывается на неделю. Я, чертыхнувшись про себя, попросил секретаршу заказать мне билет в Нью-Йорк на ночной рейс и тут же связался по телефону с хозяином фирмы господином Вагнером. Внимательно выслушав меня, босс задумался на пару секунд и изрёк:

— Послушай, Дэвид, не стоит мотаться туда и обратно. Ты же знаешь, как важна для нас эта встреча с русаками. Дождись их на месте, а пока возьми отпуск на недельку и посмотри Европу.

Я ответил:

— Спасибо, Джордж, так и сделаю, — и повесил трубку.

Как говорил один киногерой, серьёзные решения принимаются в одночасье, и я решил провести неделю свалившегося на меня отпуска за рулём. С детства люблю смотреть из окна поезда или автобуса на убегающие вдаль картинки. Посмотрю-ка я на Европу из окна автомобиля. Утром следующего дня, взяв в рент небольшой кроссовер «Инфинити» QX30, погнал машину на юг. Курс я себе наметил чрезвычайно простой: из Мюнхена в Милан через Зальцбург. Два дня туда, два обратно и остающиеся пару дней «на посмотреть» Милан, а если повезёт, попасть в Ла Скала. Во второй половине дня, проехав Зальцбург, я пересёк границу со Швейцарией и погнал машину по шоссе А13 на юг в сторону Италии. Отдавая дань красотам Швейцарии, я прикидывал, что остановлюсь на ночлег в каком-нибудь небольшом отеле в горах. По бокам дороги мелькали сказочные пейзажи и лубочные деревеньки этой удивительно красивой страны…

Темнело… Вдруг повалил снег, и я, конечно же, проскочил съезд с шоссе со знаком «Отель и заправка». Такое со мной бывает и, к сожалению, довольно часто. Делать было нечего, и я, сбросив скорость, поехал дальше по уже белеющей от снега трассе до следующего съезда. Минут через двадцать я увидел указатель выхода с шоссе и юркнул на просёлочную дорогу. Медленно ведя машину по едва различимой дороге, я скорее почувствовал, чем увидел указатель «Отель». Резко взяв вправо, я въехал на стоянку у трёхэтажного отеля под названием «Лачен», вывеску которого уже наполовину засыпало липким снегом. Выбравшись из автомобиля, я оказался по щиколотку в снегу и потопал к симпатичному строению в стиле Тюдор, как мы называем такие дома у нас в Штатах.

Потянув дверь на себя, я вошёл в прихожую отеля. Меня заливисто поприветствовал колокольчик, висевший над входной дверью. Из проёма в стене с надписью «Офис» за конторкой выросла фигура мужчины. Направившись в сторону «управдома», как я его немедленно окрестил (есть у меня такая привычка — давать людям смешные, на мой взгляд, прозвища), я с удивлением рассматривал обстановку дома, которому было лет сто по меньшей мере. Модерная мебель и светильники хорошо вписывались в залу со стенами, отделанными деревом, окнами со ставнями и потолком, вдоль и поперёк пересекаемым деревянными брусьями.

Подойдя к столу регистрации, я спросил человека за конторкой, есть ли в отеле свободные номера. Он вежливо, с трудом подбирая слова на английском, ответил, что комната для меня будет готова через десять минут, а затем, слегка потупившись, спросил, не хотел бы я общаться с ним на русском языке, потому что английский для него трудноват и что он уловил мой русский акцент. Что за день, подумал я, сюрпризы валятся на мою голову, как из рога изобилия. Ответив, что мы можем говорить на русском, я заполнил форму регистрации и в ожидании комнаты подошёл к окну. Снег валил всё сильнее, в камине трещали дрова, швейцарский «управдом» говорил по-русски, номер будет готов моментально… Ну просто сказки братьев Гримм.

Ровно через десять минут служитель отеля подошёл ко мне и сказав, что номер готов, проводил на второй этаж. Поставив мой чемодан возле кровати, он сообщил, что ужин будет подан в столовой в восемь часов, и прикрыл за собой дверь, не взяв чаевых. Быстро приняв душ и одевшись к обеду, я осмотрел свои владения. Просторная комната примерно двадцати квадратных метров была обставлена мебелью не хуже, чем в хороших отелях Нью-Йорка. Несмотря на снегопад, телевизор работал исправно, и на экране дама соблазнительных форм в купальнике предлагала мне смотаться на недельку на Карибы. Я согласился с её выбором и подумав, что делаю это со своей женой в январе или феврале каждого года вот уже лет десять подряд, выключил телек и отправился на ужин.

Столовая находилась на первом этаже. Окна её выходили на склон горы, поросшей соснами. В комнате было тепло и уютно, из кухни пахло свежим хлебом. Стол был накрыт на восемь персон. Я остановился в раздумье, не зная, где сесть. В это время из кухни вышел всё тот же мужчина, с которым я встретился час тому назад. Перед собой он катил тележку, уставленную едой, и, остановив её возле стола, жестом предложил мне сесть на любое место.

— Меня зовут Серж Ермолофф, или проще — Сергей Ермолов, я хозяин отеля, — представился он, стоя во главе стола. — Сегодня мы с вами будем ужинать одни. Постояльцев, кроме вас, нет. А персонал я отпустил по домам из-за снегопада, — проговорил он, слегка картавя. — Что бы вы хотели: чай, кофе или чего-нибудь покрепче? — задал он вопрос.

— Пожалуйста, чай, — ответил я.

Он подошёл к серванту, чтобы заварить чай, а я исподтишка рассматривал его. Это был крепко сбитый, лет пятидесяти, мужчина среднего роста с шевелюрой густых рыжеватых волос. Одет он был в свитер, вельветовые брюки и высокие ботинки. Вернувшись к столу, он поставил передо мной чай в стакане с подстаканником и сказал:

— Угощайтесь.

В этот момент я почувствовал, что зверски голоден, и с удовольствием накинулся на еду, особенно нажимая на ливерную колбасу, которую обожал с детства. Насытившись, я откинулся на спинку стула и с лёгким смущением произнёс:

— Теперь я бы чего-нибудь выпил.

В ответ Сергей кивнул и предложил мне устроиться в гостиной возле камина, что я и сделал. Минут через пять он появился с подносом, на котором разместились слегка согретые бокалы, дольки лимона на блюдечке и бутылка грузинского коньяка пять звёздочек. Устроившись напротив меня и раскурив трубку, он задал вопрос:

— Включить телевизор или поболтаем?

Моя первая реакция была сказать, валяйте, мол, включайте ТВ на какой-нибудь спортивный канал, но я почему-то изрёк:

— Поболтаем, — и замолчал, глядя на «управдома».

Сергей вмиг сообразил, что я понятия не имею, о чём мы могли бы поговорить, и спросил:

— Каким ветром вас занесло в нашу глухомань? Когда-то этот отель был очень популярен у горнолыжников, но пять лет тому назад на западном склоне горы, что в десяти километрах отсюда, построили новый «Холидэй Инн» и горнолыжный спуск с подъёмником. Теперь я довольствуюсь постояльцами, которым не хватает номеров в новой гостинице и они вынуждены останавливаться в моём «Лачене». Поверьте мне, я не жалуюсь — этого достаточно, чтобы держать бизнес на плаву, а мне большего и не надо.

Он замолчал на мгновение и повторил свой вопрос:

— Так что вы делаете в наших краях?

Я поведал моему собеседнику о своём внезапном кратком отпуске, и он, улыбнувшись, заметил, что в такой снегопад мне обеспечены несколько дней безделья, потому что в ближайшие пару дней нас не «откопают». Как истинные русские, мы прикончили бутылку коньяка и взялись за вторую. В десять вечера «управдом», извинившись, оставил меня одного и исчез минут на сорок по хозяйским делам. Не знаю, как у вас, но у меня бывают моменты, когда я как бы зависаю во времени. Состояние это приходит неожиданно. Оно моментально охватывает меня целиком и требует одного — бездействия. Вот и сейчас оно, это состояние, налетело на меня то ли от выпитого коньяка, то ли от отступившего напряжения, в котором я находился, готовясь к встрече с «русаками», или от того, что я на пару дней засыпан снегом… Не знаю, почему, но я даже в душе не сопротивлялся сложившейся ситуации. Что-то среднее между негой и ленью навалилось на моё тело и душу. Взяв трубку телефона, я набрал домашний номер:

— Хелло, — ответил заспанный голос жены. — Почему ты звонишь так рано? Что-то случилось? — встревожилась она.

Я успокоил её и ответил, что у меня всё в порядке, но мне придётся задержаться в Европе дольше, чем я планировал. Пожелав ей спокойной ночи, я послал ей поцелуй и положил трубку телефона.

Я продолжал сидеть в удобном кресле и смотреть в окно на русскую пургу в горах Швейцарии, потягивая коньяк, периодически взбалтывая бокал. Хозяин отеля вернулся в гостиную, и я неожиданно для себя (всё в моей командировке было неожиданно) произнёс:

— Сергей, я покинул Союз по политическим причинам. Отец мой родился и вырос в Риге, и я знал от него и хорошо понимал слово «Свобода». А каким ветром вас занесло в горы этой маленькой спокойной страны? Чёрт возьми, если вы не хотите спать и у вас нет больше дел, поскольку я ваш единственный постоялец, расскажите свою историю.

Он раскурил трубку и, отпив немного коньяка из бокала, проговорил:

— С чего начать? — и ненадолго задумался…

РАССКАЗ СЕРГЕЯ ЕРМОЛОВА

Интересное дело — в нашем роду, начиная со времён Александра Первого, у каждого отца всегда рождалось много девочек и лишь один мальчик, а посему все мы названы одним и тем же именем — Сергей. Мой сын, Сергей Сергеевич Ермолов Восьмой, сейчас находится в Москве, где он закрывает сеть магазинов «ЕРМОЛОФФ». Эта проклятая война! У кремлёвских вождей опять иголки в задницах! Прошу прощения за вульгарность. Все Ермоловы по мужской линии были часовых дел мастерами. Мой дед после революции семнадцатого года бежал во Францию, а в тысяча девятьсот двадцатом осел в Швейцарии — флагмане часового бизнеса. С моей семьёй всё более-менее стереотипно. А вот знаете, что… расскажу-ка я вам лучше историю семьи моей покойной супруги. Ваш отец родом из Латвии, не так ли? Думаю, что вам это должно быть интересно.

Отель «Лачен» принадлежал моей жене, Юдит. Она покинула этот свет десять лет тому назад. Рак. Царство ей небесное. Познакомились мы случайно. Зимой тысяча девятьсот восемьдесят четвёртого года её отец, Ицхак Розенберг, приехал в Швейцарию из Израиля закупить партию часов и драгоценных камней для своего бизнеса. Он часто посещал эту страну с деловыми визитами, а в этот раз решил взять с собой младшую дочь, только что закончившую службу в армии. Заодно господин Розенберг должен был навестить отель «Лачен», которым с тысяча девятьсот тридцать пятого года владела его семья. В то время я работал в магазине часов моего отца в Платце, а зимой, в выходные дни, подрабатывал горнолыжным инструктором, обслуживая посетителей отеля «Лачен». Вот здесь мы и познакомились…, а через три месяца я приехал в Израиль в город Нетания, что находится в тридцати километрах на север от Тель-Авива, на своё бракосочетание. Господин Розенберг был явно недоволен выбором своей дочери, но тем не менее устроил грандиозную свадьбу в одном из отелей города, стоявшем на берегу Средиземного моря. Свадебное путешествие мы провели, мотаясь по Европе, и через две недели новоявленная чета Ермоловых прибыла в Швейцарию. Праздники кончились, и пошла семейная жизнь. Юдит управляла отелем, а я помогал отцу в Платце и по выходным мотался в «Лачен». В двухтысячном году не стало папы. А после кончины моей жены в две тысячи десятом я передал бразды правления часового бизнеса в руки сына, а сам осел здесь. Вот такая коротка биографическая справка.

Сергей пригубил бокал с коньяком и попыхтел трубкой. Лицо его как-то потемнело, он посмотрел мне прямо в глаза и заговорил глухим, немного сиплым голосом, как будто в горле у него застрял комок.

—Послушайте, Дэвид… Могу я вас так называть?

Увидев, что я кивнул в ответ, продолжил:

—Мне очень стыдно за родину моих предков, Россию, переименованную в СССР и снова в Россию. Это страна, в которой антисемитизм, открытый или закрытый, возведён в ранг национальной политики. И если до тысяча девятьсот семнадцатого года это была открытая позиция государства, то после революции и по сей день это скрытая, но более изощрённая и жестокая политика на уничтожение целой нации. Это парадокс, но Гитлер, ненавидевший евреев, был честнее, чем Кремль. Так вот…

Он положил ногу на ногу, пригладил волосы и, подумав, сказал:

— Что-то потянуло меня на откровения… Хочу я вам рассказать, настолько подробно, насколько позволит моя память, об отце моей покойной жены. История эта известна немногим. Не возражаете?

Я ответил согласием и поудобнее устроился в кресле.

Ицхак, или просто Изя, родился в Риге в тысяча девятьсот тридцатом году в семье Жана и Этель Розенбергов. Жан был одним из лучших часовых дел мастеров и ювелиров в Латвии. В числе его клиентов были многие известные люди страны, включая премьер-министра Ульманиса. Господин Розенберг был неописуемо рад, когда у него родился сын. Будет кому передать дело. Шли годы, и в новогоднюю ночь тридцать седьмого в семье Розенбергов родилась дочь Ева.

Жан был счастлив! Сын, дочь — полный комплект. Дела идут хорошо — счёт в банке растёт. Жена — великолепная мать и хозяйка, а как хороша собой! Под утро первого января, приехав из больницы домой, он первым делом заглянул в комнату сына — Изя спал. Настя, полная латышка с русским именем, работавшая у Розенбергов прислугой с тысяча девятьсот двадцать девятого года, ещё не встала. Жан, тихо шагая, прошёл в столовую, налил в фужер шампанского, выпил за здоровье жены и Новый год и направился в спальню. Посмотрев на себя в зеркало, он остался доволен: высокий, стат-

ный шатен с лёгкой порошей седины на висках и усиками а-ля Чарли Чаплин. Переодевшись в домашнюю одежду, Жан вошёл в кабинет, сел за стол и решил заняться деловыми бумагами и почтой, солидная стопка которых собралась за несколько дней из-за праздничной суматохи. Поверх корреспонденции лежала вечерняя рижская газета «Ригас Балс», именуемая горожанами «Сплетница». Жан просмотрел газету и глубоко задумался. Всё больше и больше жителей Риги дают объявления о продаже домов и квартир. Некоторые из его коллег уже покинули Латвию, уехав в Америку, Францию, Италию и даже в Россию. Мысль о переезде в Швейцарию в который уже раз завертелась в мозгу, но он отогнал её и занялся просмотром деловых бумаг и почты.

Покончив с делами и позавтракав с сыном, он отправился на прогулку, чтобы немного развеяться. Светило солнце, был лёгкий морозец. Жан шёл по тротуару и размышлял о названии улицы, на которой он живёт. Авоту — это ключ, ключ — в смысле родник, значит здесь где-то на этой улице был родник, из которого люди набирали воду много-много лет тому назад… От мыслей о роднике его отвлёк ритмичный стук сапог по брусчатке. По мостовой, печатая шаг, двигалась человек в тридцать колонна молодых парней. Все они были одеты в коричневую униформу с фашистским символом на левом рукаве. Господин Розенберг поёжился — опять этот «чёрный паук» — так Жан окрестил эту эмблему. Эта гадина всё больше и больше расползается по городу: она мелькает в прессе, витринах магазинов, на заборах и стенах домов. Антисемитизм расползается по стране, пожирая умы латышей, многие из которых уверовали в то, что все их беды происходят от евреев.

Охваченный неясным волнением, Жан резко повернулся и поспешил домой. В квартире всё было в порядке, и он, одев сына, направился в больницу навестить жену.

Роза полусидела на кровати и держала на руках маленький комочек новой жизни. Изя посмотрел на человечка, которого ему представили, сказав, что это его сестра. Малышка гукнула и пустила слюнку. Этель и Жан заулыбались: смотри, мол, она тебя признала, а Изя отошёл к окну и стал пристально смотреть на снежинки, кружившие в воздухе. Только что было солнце, а теперь пошёл снег, подумал «наследный принц Розенберг» — так иногда его называл папа. Девочку назвали Ева, в честь мамы Жана...

Прошло три года. Латвию оккупировали немцы, потом русские и опять немцы. Вокруг творилась жуткая неразбериха, и господин Розенберг решил, что пришла пора уезжать в Швейцарию... но было уже поздно. Границу страны закрыли. Всё, что Жан успел сделать, — это перевести своё, к тому времени очень солидное, состояние в один из швейцарских банков.

До тысяча девятьсот сорокового года семью Розенберг немцы не трогали — давала себя знать высокопоставленная клиентура Жана. Но вот осенью сорок первого положение дел сильно изменилось. Двадцать пятого октября тысяча девятьсот сорок первого года в так называемом Московском пригороде Риги фашисты организовали «Большое Латвийское гетто», а после убийства тридцати пяти тысяч латвийских евреев тридцатого ноября и восьмого декабря в Румуле немцы разделили «большое гетто» на два маленьких — мужское и женское. В августе тысяча девятьсот сорок первого года комендантом Риги был назначен господин Альтмаер, который отдал приказ коменданту «маленьких гетто» Станке и его помощнику Дралле организовать методичное истребление еврейского населения Латвии.

Поздно вечером восемнадцатого марта тысяча девятьсот сорок второго года в дверь квартиры Розенбергов кто-то тихо постучал. Странно, подумал Жан, человек за дверью не воспользовался звонком, и открыл дверь. На лестничной клетке стоял его сосед Марис. Приложив палец к губам, он вошёл в прихожую и прошептал Жану на ухо:

— Под утро в нашем доме начнутся аресты евреев. Бегите, и как можно скорее.

Приоткрыв дверь и осмотревшись, сосед выскользнул из квартиры и, не зажигая света на лестнице, исчез в темноте.

Бежать, но куда? Двадцать минут спустя, захватив деньги, что были дома, Жан с семьёй вышел на улицу через чёрный вход. Беглецы направились в сторону конторы Розенберга, что находилась в получасе ходьбы от дома, на улице Лачплеша. Чудо, но они никем не замеченные добрались до места. Жан открыл дверь, зажёг свет и... увидел, что за его рабочим столом сидит господин Дралле, а по обе стороны двери стоят гестаповцы с автоматами. Всё было кончено. Дралле встал из-за стола и приказал всем идти на выход. Жан лишь спросил, может ли он подписать кое-какие документы для банка. Нацист лишь кивнул и полез в карман за сигаретами. Розенберг достал из кармана ключи, открыл сейф, достал несколько бумаг и, положив их на стол, сел, чтобы расписаться. Дралле достал из сейфа деньги, положил их во внутренний карман и приказал Жану поторопиться. Тот аккуратно сложил документы, положил их на правую сторону стола и нагнулся, чтобы якобы завязать развязавшийся шнурок ботинка, и… незаметно сунул что-то в карман пальто.

— Хватит! — рявкнул «полунемец», как его называли за глаза рижане, Дралле был по отцу немец, а по матери — латыш.

Все вышли на улицу, где их уже ждали две машины: фургон для заключённых и «Опель-Капитан» Дралле. До рассвета оставалось часа полтора. Ева заплакала. Жан с ужасом осознал, что своей медлительностью он приговорил свою семью к смерти.

Машины медленно ехали по улицам ночной Риги и, подъехав к мосту через Даугаву, свернули на набережную, направившись в сторону «малого гетто». Грузовик трясло от езды по брусчатке, Этель укачивала Еву, а Жан смотрел на сына отрешённым взглядом, понимая, что из создавшегося положения выхода нет… Вдруг немыслимая идея пронзила его мозг. Розенберг посмотрел на сына, потом перевёл взгляд на жену с дочкой на руках, как-то весь подобрался, будто тигр, готовый к атаке и…, медленно придвинувшись к гестаповцу, сидевшему вместе с ними в кузове, стал что-то шептать ему на ухо. Охранник сначала удивился наглости этого еврея, но услышав сказанное, осклабился, рот его растянулся в улыбке и, кивнув головой в ответ, изрёк:

— Пусть бежит. Я буду стрелять поверх головы.

Машины катились по шоссе, с одной стороны которой несла воды река, а с другой — тянулся сосновый перелесок. Гестаповец встал, протиснулся к кабине и постучал по крыше. Грузовик съехал на обочину и остановился, а вместе с ним и «Опель», притормозив метрах в ста впереди фургона. Охранник выпрыгнул из кузова, подошёл к легковушке и сказал Дралле, сидевшему рядом с шофёром, что он разрешил жидёнышу справить малую нужду в кустах на обочине дороги, и, достав сигареты, закурил и пошёл в сторону грузовика. «Полунемец» достал из внутреннего кармана деньги, взятые из сейфа, и стал их пересчитывать. Пока гестаповец разговаривал с Дралле, Жан быстро шепнул Изе на идише:

— Вылезай из машины, зайди в кусты, а от них беги что есть силы в лес. Не бойся, когда услышишь стрельбу. Беги, покуда хватит сил.

Жан обнял сына, поцеловал его в лоб и бросил:

— Давай. Храни тебя Бог.

Охранник вернулся к грузовику и показал мальчику автоматом на кустарник. Изя спрыгнул на асфальт, зашёл в кусты, постоял секунд десять и бросился бежать что было силы в лес. Пули свистели над головой, а он всё бежал и бежал меж сосен, покуда не упал в изнеможении на песок, потеряв сознание...

Пока они оставались в кузове одни, Жан быстро сказал жене:

— Я уговорил гестаповца отпустить сына и стрелять в беглеца поверх головы, когда Изя побежит. За это я отдал ему золотой портсигар, который я незаметно положил в карман пальто, когда нас уводили из конторы. Эта золотая вещица стоила двести пятьдесят фунтов стерлингов... Малышке всего четыре годика, а у Изи есть мизерный шанс... Я был вынужден сделать этот страшный выбор, — и он тихо заплакал.

Гестаповец опустил автомат, из дула которого шёл дымок, и сказал напарнику, услыхавшему стрельбу и вышедшему из кабины:

— Я сделал из этой «мишени» решето, — и заржал.

Забравшись в кузов, он ударил Жана прикладом автомата в живот и, пробурчав: «Одним евреем меньше», — уселся на скамейку у борта грузовика. Унтер подошёл к Дралле и доложил о происшествии, а тот в ответ лишь махнул рукой — мол, поехали. Машины вновь покатили по шоссе, унося в небытие семью Розенберг. Светало…

Невероятно, но факт: Изя выжил. К тринадцати годам, прячась в лесах и подвалах домов, мальчик прошёл половину Европы. В тысяча девятьсот сорок третьем году он добрался до Франции и, прибавив себе три года, воевал во французском сопротивлении. В тысяча девятьсот сорок пятом году Изя появился в Риге и пришёл в дом своего двоюродного брата Рахмиэля. Как рассказывала мне вдова Рахмиэля Валентина, в столовой в кресле, положив ногу на ногу, сидел пятнадцатилетний мальчик с уже седеющими висками. В одежде с чужого плеча, он курил и рассуждал о вещах, о которых в пору говорить сорокалетним мужчинам. В сорок седьмом Ицхак Розенберг обосновался в Палестине, где он стоял у истоков создания государства Израиль, принимая самое активное участие в войне за независимость страны, а после победы — в строительстве новых поселений. У него была большая семья: жена Ривка, два сына и три дочери, одна из которых, Юдит, стала моей женой. Старший сын Изи Рувим погиб в войне Судного Дня, а дочь Малка погибла в бою с палестинскими террористами. Ицхак Розенберг умер в две тысячи пятнадцатом году в день своего восемьдесят пятого дня рождения.

— Вот такая история. В музее Яд ва-Шем, вероятнее всего, есть информация об этом удивительном человеке. О семье Ицхака Розенберга можно писать книги, — сказал Сергей и, выбив трубку о пепельницу, предложил: — Пошли отдыхать.

Я поднялся к себе в номер. В Нью-Йорке сейчас около восьми вечера. Подняв трубку телефона, я набрал домашний номер своего босса. Услышав глуховатый голос Джорджа, я рассказал ему, что застрял в горах на несколько дней из-за снегопада и боюсь, что не успею вовремя вернуться в Мюнхен. Услышав ответ шефа о том, что встреча отложена на три месяца по просьбе Москвы, я спросил господина Вангера, не мог бы он дать мне ещё неделю отпуска—у меня неожиданно появились неотложные личные дела. Босс буркнул: «ОК»,— и повесил трубку.

Через три дня я летел в самолёте в Израиль. Приземлившись утром в аэропорту Бен Гурион и пройдя таможню, я взял такси и сказал шофёру:

—Иерусалим. Яд ва-Шем.

ЛУДЗАС 66

Непоправима только смерть.

Сергей Довлатов

Зима. Поздний вечер. Мой сын и его жена на дежурстве в госпитале. Моя супруга дома, ей не здоровится, а я приехал в Холмдэйл, в дом моего отпрыска, чтобы присмотреть за детьми. Мне редко выпадают такие «дежурства», в основном это делает моя жена. Но вот сегодня так сложились обстоятельства, что я должен был ехать, и это «должен» я делал с огромным удовольствием. У моего сына трое детей: две девочки и мальчик. Внуки—это моё богатство. Они—продолжение моей фамилии, а фамилия наша своими корнями уходит в шестнадцатый век, в Испанию. Наша фамильная печатка, которой, по рассказам моего отца, уже около четырёхсот лет, сейчас принадлежит моему сыну, а когда внуку исполнится тринадцать, она перейдёт к нему. И так много лет от деда к сыну, от сына к внуку, от внука к правнуку…

Я сижу в удобном кресле в игровой комнате на детской половине и жду, когда внуки заснут. А за окном разыгралась пурга. Кроны деревьев постанывают, а стволы потрескивают под напором ветра. Комья снега лепятся к окнам, как бы пытаясь прорваться внутрь дома. Я пью тёплый чай из стакана с подстаканником и не могу оторвать взгляд от царства Снежной королевы за окном. Из своей спальни выходит закутанный в одеяло внук и садится на ворсистый ковёр около моего кресла. Даже наш пёс, доберман по кличке Самсон, напуганный рёвом ветра, пришёл в детскую и улёгся у меня в ногах. Положив голову на лапы, он внимательно наблюдает за мальчиком — несёт службу. Эта коричневая громадина весом в сто двадцать пять фунтов — удивительно доброе существо, позволяющее детям делать с ним всё, что им заблагорассудится. Я как-то спросил у нашего ветеринара, почему он совершенно не злой, каким должен бы быть доберман. На что он ответил, что я знаю, что эта собака — доберман, но в то же самое время, я не сказал псу об этом. Наш ветеринар — просто философ. Итак, Самсону идёт девятый год, и по возрасту он, как и я, дедушка. Разница только в том, что при виде детей я не пускаю слюни, как он.

Девочки спят в своих комнатах, а внук, выпростав голову из-под одеяла, просит:

— Дед, я не могу заснуть. Расскажи что-нибудь интересное, — и глядит на меня широко распахнутыми глазами.

— Хорошо, — отвечаю я. — Только расскажу я тебе не что-нибудь, а вот что.

Это история о наших предках, которая случилась лет семьдесят с лишним тому назад, когда и меня самого ещё не было на свете.

История эта и счастливая, и грустная, а порой трагическая. Сказ этот о нашей семье, и посему ты должен его знать. Ты просто обязан знать эту историю, чтобы, когда придёт время, передать её своим детям и внукам. Она — эта история, не должна быть забыта. Итак, слушай.

…Шла Вторая мировая война. Латвия, маленькая прибалтийская страна, была оккупирована фашистами. В тысяча девятьсот сорок втором году в рижском гетто проживало около пяти тысяч евреев. До осени сорок первого года население гетто было чуть больше тридцати тысяч человек, но в ноябре и декабре месяце нацисты провели «акции» по решению еврейского вопроса, и за окраиной Риги в местечке Румбуле было расстреляно двадцать пять тысяч евреев. К весне тысяча девятьсот сорок второго года было уничтожено около восьмидесяти процентов членов нашей большой семьи. Они были убиты только за то, что были евреями.

Я остановил свой рассказ и посмотрел на внука, решая, стоит ли продолжать, ему ведь всего двенадцать. От раздумья меня оторвал его голос:

— Дед, продолжай, я хочу знать всю правду, — малыш, как я его называл, смотрел на меня взглядом взрослого мужчины.

— Ну хорошо. Слушай, что было дальше, — и, немного помолчав, я продолжил.

Двадцать человек — это всё, что осталось от нашей семьи после бойни в Румбуле. Их поселили в доме номер шестьдесят шесть по улице Лудзас, у самых ворот рижского гетто. Семнадцать женщин и трое мужчин. Немцы уничтожали всех евреев по возрастному цензу: моложе шестнадцати и старше тридцати лет. Все оставшиеся в живых женщины были классными швеями. С оставшимися в живых мужчинами вопрос обстоял несколько иначе. Нахман Пукин был одним из лучших рижских портных, ему было уже сорок семь лет. Но кто же будет обшивать генералитет вермахта? И было сделано исключение, что на время сохранило жизнь моему деду. Да, внучек, Нахман Пукин — это мой дедушка, которого я никогда не знал.

Хацкелю Пукину, троюродному брату моего деда, был тридцать один год. Он остался в живых потому, что был медик и работал в комендатуре, «прикрывая немцев от всяческой заразы». Он тоже был нужен нацистам до поры до времени.

Исааку Пукину было всего около четырнадцати лет. Это был невысокого роста пацан с вечно не причёсанной шевелюрой. Каким образом он доказал немцам, что ему уже шестнадцать, никто не знает, но свершилось чудо—ему поверили и оставили в живых, мальчиком на побегушках.

Прошло несколько месяцев. В один из тёплых весенних дней Хацкель, живший в коморке рядом с медицинским офисом при комендатуре, пришёл в дом на улице Лудзас, чтобы осмотреть трёх новых жительниц, размещённых в квартире семьи Пукиных. Две женщины были переведены из трудовых лагерей, расположенных на территории Чехословакии. И ещё одна девушка, из вновь прибывших, была из немецкого города Кассель.

Хацкель проводил осмотр женщин на кухне. Последней в дверь вошла невысокая стройная девушка с короткой, почти наголо, стрижкой.

—Имя?—автоматически спросил медик и поднял глаза.

—Альбина Плапплер,—ответила молодая женщина.

—Раздевайтесь,—сказал он, и их взгляды встретились.

Хацкель не мог оторвать взор от её напуганных огромных серых глаз. Они были полны слёз и смущения. Он встряхнул головой, что-то записал в бумаге, лежащей на кухонном столе, быстро осмотрел девушку и, отвернувшись к окну, приказал ей одеваться. Вернувшись в комендатуру, он заполнил документы на трёх новых обитательниц квартиры Пукиных и, положив их на стол главврача, ушёл к себе в коморку. Всю неделю он думал о сероглазой девушке. Непонятное чувство заполнило его душу. Он продолжал исполнять свои обязанности медика, а она, Альбина, как будто находилась рядом с ним. Даже по ночам, лёжа в кровати, его преследовали её полные слёз огромные глаза. Хацкель вновь появился в доме на улице Лудзас через две недели. В руках у него был пакетик, в котором лежал кусочек пирога со смородиной для Альбины.

Ему был тридцать один год, а ей — двадцать лет. Любовь вспыхнула, как сухое дерево, поражённое молнией. Ужасы гетто отошли на второй план. Для них двоих вокруг были только весна и счастье. Хацкель сходил с ума, ожидая встречи с ней. Они могли видеться не чаще, чем раз в неделю, и те короткие часы, в которые они были вместе, существовали только для них.

Через три месяца, по разрешению комендатуры, в квартире номер шестьдесят шесть по улице Лудзас играли свадьбу. Нахман из остатков материала сшил свадебный фрак для Хацкеля и белое платье с фатой для Альбины. И была Хупа. И было скудное застолье. И были молитвы за долгую и счастливую жизнь. И была первая брачная ночь. И Альбина Плапплер стала Альбиной Пукиной.

К концу тысяча девятьсот сорок второго года в рижском гетто началась новая сортировка людей. Нахман был отправлен в концлагерь Саласпилс, Альбину перевели в лагерь Штуттхоф, а Хацкель был оставлен в рижском гетто. Три недели просьб и уговоров на грани расстрела принесли свои плоды: комендант рижского гетто отправил медика Пукина в Штуттхоф. Так в конце сорок второго года Хацкель и Альбина оказались в одном и том же концлагере, по разные стороны колючей проволоки. Но это было неважно для двух любящих сердец. Главное — они были рядом!

Я отхлебнул чай и замолчал.

— Деда, — спросил внук, — а что было дальше с нашими родными? Ты знаешь что-нибудь об их судьбах?

— Уже второй час ночи, — сказал я. — Ну да ладно, я расскажу тебе всё, что мне известно о судьбах моих родных. Слушай и помни.

Итак, в конце тысяча девятьсот сорок второго года Хацкель и Альбина оказались в лагере Штуттхоф. Мой племянник и твой дядя, Ян Сандлер, написал книгу о нашей семье в годы Второй мировой войны. Он потратил годы, собирая по крупинкам, как мозаику, информацию о членах нашего клана. Ян побывал в Польше, Латвии, Германии, а также провёл уйму времени в архивах Яд ва-Шем. Всё, что я тебе сейчас расскажу, основано на книге моего племянника, документах музея Яд ва-Шем и рассказах моего отца, твоего прадеда Рахмиэля Пукина, имя которого ты носишь.

Почти все обитатели квартиры в доме номер шестьдесят шесть по улице Лудзас были расстреляны в конце тысяча девятьсот сорок третьего года. В книге М. Кауфмана, изданной в Америке, есть такая фраза: «Среди убитых в этой акции была вся семья Пукиных». Это не совсем верно: несколько человек уцелели. Оставшиеся в живых были переведены в разные концлагеря, где и нашли свою смерть.

В тысяча девятьсот сорок четвёртом году, когда советские войска подходили к границе Латвии, немцы серьёзно занялись очисткой территорий, находившихся в непосредственной близости от концлагерей. Недалеко от концлагеря Саласпилс находился лагерь советских военнопленных Шталаг 350/з. Каждый день группа в сорок заключённых из лагеря Саласпилс отправлялась в Шталаг для очистки территории от трупов. Девятого августа сорок четвёртого года в группе оказался мой дед Нахман Пукин. На закате того же дня все сорок человек были расстреляны. Так погиб мой дедушка.

Сёстры моего отца Рахиль, Фрида и Юдит, по документам концлагеря Софиенвальд, нашли свою смерть с сентября по декабрь тысяча девятьсот сорок четвёртого года. Эма Пукин, моя бабушка, по документам того же лагеря, была жива ещё шестого января тысяча девятьсот сорок пятого года, но дальше её судьба неизвестна. Мы знаем, что её больше нет, но документального подтверждения этому мы так и не нашли.

Исаак Пукин (позже Изя Пукан) в тысяча девятьсот сорок третьем году бежал с этапа из рижского гетто в концлагерь Штуттхоф. До сорок пятого года он скитался по Европе, прячась в лесах и подвалах. Он выжил. Уехал в Палестину, обосновался в Самарии, где и умер в две тысячи шестнадцатом году.

Хацкель Пукин умер от тифа в концлагере Штуттхоф в тысяча девятьсот сорок четвёртом году. По записям в книгах этого лагеря, Альбина Пукина погибла в сорок четвёртом году в городе Кассель. Эта странная запись натолкнула моего племянника на мысль, что здесь что-то не так. Долгие поиски документов и переписка с Яд ва-Шем привели к тому, что Ян нашёл следы родителей Альбины, и через них он обнаружил, что вдова Хацкеля была освобождена из концлагеря Штуттхоф в тысяча девятьсот сорок пятом году. После войны она обосновалась в Париже, где у неё была новая семья. Ян планировал поездку и встречу с Альбиной, но не успел. Альбина Пукина покинула этот мир в две тысячи девятнадцатом году. Ей было девяносто девять лет.

—Смотри-ка, внучек, уже утро. Светает. Пурга успокоилась. Пошли на кухню, и я приготовлю тебе вкусную яичницу и какао, как ты любишь.

О ДРУЗЬЯХ-ТОВАРИЩАХ

The rest is silence.
«Hamlet», Act V. Sc. II

Человек не может существовать в вакууме. Даже одинокие люди—не одиноки. Они окружены родными, сослуживцами, знакомыми, уличной толпой. Незамужних женщин больше, чем мужчин, но они переносят одиночество легче. Нет, пожалуй, не легче—они лучше приспособлены к жизни, чем мужчины. Сильному полу необходима забота: еда, чистая одежда, свежая постель, прибранная квартира, а женщине нужна защита. Но вот вопрос: от кого?

Живя в цивилизованной стране в первой половине двадцать первого века, женщина, имеющая одинаковые права с мужчиной, не нуждается в защите. А вот мы—мужчины—нуждаемся в ней ежедневно… Но это уже совсем другая тема.

Я отношу себя к разряду пожилых людей: ещё не старик, но категория эта уже маячит на горизонте. Лет десять тому назад слово «старик» вызывало во мне ужас. Теперь же, приближаясь к этой возрастной категории, я воспринимаю её больше как итог, нежели как конец жизни. Я никогда не был одинок в прямом смысле этого слова. В детстве и юности я жил в семье с моими родителями и сестрой. Сейчас у меня есть своя семья: жена, сын, внуки. Мне есть кого любить, и меня окружают люди, которые обо мне заботятся. Но я—мужчина, и у меня есть то, что я называю параллельной жизнью:

друзья и товарищи. Не буду расписываться за весь мужской пол, но моя параллельная жизнь, которая всегда в большей или меньшей степени переплетается с моей семейной жизнью, это неотъемлемая часть моего бытия. А настоящая мужская дружба—это, на мой взгляд, уникальное состояние души, которое можно выразить двумя словами: честь и преданность. Я думаю, что я хороший семьянин, отец и дед, но я уверен, что не смог бы стать таковым, не будь со мной рядом парней, которых я называл мой друг. Друг—это человек, с которым можно прямо поговорить и хорошо помолчать, посмеяться до слёз и поплакать на плече, да попросить совета, не чувствуя себя обязанным отплатить тем же. Друг— это не отражение в зеркале, но отражение души твоей. Он не пойдёт на сделку с совестью, дабы польстить тебе и не волновать тебя. Он—твоя лакмусовая бумажка. Он—правда твоей души и совести, даже когда она обжигает сердце и колит глаза. Он—человек, от которого услышав «Нет», ты не обидишься, а задумаешься и постараешься сделать правильный выбор. Он—частица божественной души твоей. Он—подарок Бога.

Мне повезло. Рядом со мной всегда находился такой человек. В детстве и юности я дружил с пацаном из параллельного класса. Мы были как две половинки одного целого. Он был свидетелем на моей свадьбе. Мне казалось, что этот человек будет со мной рядом всю жизнь. Он женился, начал работать преподавателем физики в школе, в которой мы когда-то учились. Семьями мы не дружили, но часто встречались с глазу на глаз попить чайку и потрепаться «за жизнь». Мы оба были «инвалидами пятой группы», и естественно, что разговоры крутились вокруг отъезда евреев из СССР. Я склонялся в сторону эмиграции, а он—нет. Тогда мне казалось, что его отношение к «выезду» строилось на преданности к родине. Так или иначе, мы стали видеться всё реже и реже. На мои проводы он приехал без жены. В квартиру даже не вошёл, а вызвал меня на лестничную клетку и коротко сказал:

— Прощай. Пожалуйста, не звони мне и не пиши. Мало ли, что может быть.

Не подав мне руки, резко развернулся и побежал вниз по лестнице. Это был последний раз, когда я его видел. Не знаю, как сложилась жизнь моего друга после отъезда моей семьи из Союза. Даже по наступлению девяностых я не пытался его разыскать — ведь он просил меня забыть о нём, а друзья просто так ничего и никогда не просят.

В начале тысяча девятьсот семьдесят второго года самая близкая подруга моей жены привела в нашу комнату на Новослободской парня. Как говорят в Одессе, «на познакомиться и поставить опечётку». Влюбилась она в этого молодого человека до безумия. Парень этот нам с женой сразу понравился, и мы дали наше благословение, если, конечно, он сделает предложение. Через неделю это предложение последовало, но случилась беда. Беда огромная: у парня умерла мама, а если учесть ситуацию, что примерно за год до того ушёл из жизни его отец, то можно было понять духовное состояние жениха, и свадьбу отложили на год. Я взял на работе пару дней за свой счёт, чтобы помочь Мише, так звали нашего нового знакомого, и вот в эти несколько дней, когда мы носились по Москве, оформляя документы, что-то между нами кликнуло. Да так кликнуло, что этот человек стал моим самым близким другом до конца его жизни в тысяча девятьсот девяносто девятом году. Сильнейшее нервное потрясение усадило Мишиного старшего брата в инвалидное кресло. Ему было всего сорок шесть лет от роду, но он уже никогда не смог ходить и провёл остаток своих лет, прикованный к «проклятой колясочке», как он называл инвалидное кресло. Человек по своей природе очень активный и заводной, он не выдержал резкой перемены в своей жизни, и если добавить к этому тот факт, что через год от него ушла жена, которую он боготворил, то становится понятно, почему он умер через три года после кончины матери. Он не мог существовать в том ритме жизни, который ему диктовала болезнь. Холодным ноябрьским утром Миша нашёл его в постели с руками, закинутыми за голову, и улыбкой на лице.

Я не знаю, приложил ли к этому руку Бог, но провидение точно сыграло огромную роль в тот период моей жизни. Я практически потерял друга из-за разногласий на тему «уезжать из СССР или нет», а когда Миша признался, что у него никогда не было настоящего друга, мы с ним стали, как два кусочка стекла в мозаичном панно: мы встретились—и картина ожила. Девять лет, что прошли до моего отъезда из Союза, были освящены дружбой двух молодых мужчин, таких разных во взглядах на жизнь, но совершенно одинаковых и честных в отношении друг к другу.

Тринадцатого февраля тысяча девятьсот восемьдесят первого года моя жена, сын и я покинули Советскую Россию и двадцать пятого марта того же года прилетели из Италии в Нью-Йорк. Мои непосредственные отношения с Мишей прервались на десять лет. В девяносто первом он прилетел в Америку «на разведку». Мы встретились и заговорили так, как будто расстались только вчера вечером. В тысяча девятьсот девяносто втором году Миша с семьёй выехал из России и поселился в Тель-Авиве. В девяносто третьем я был в Израиле, гостил пару недель у мамы с папой и, конечно же, встречался с другом. Это были сложные встречи. Мой друг был недоволен тем, что поселился в Израиле: бизнес «не раскручивался», и, главное, были огромные проблемы с языком. Он нервничал, ругал себя за ошибку с переездом. Ещё он сказал мне, что у него появились семейные проблемы, но какие именно, не объяснил, а я не стал влезать в душу. Но больше всего меня поразило одно замечание:

— Меня сюда звали. Радио «Голос Израиля» обещало золотые горы. А где они — эти горы?

Я пытался объяснить, что его никто не звал, и решение о выезде в Тель-Авив — это было только его решение, но он меня не слышал. До сих пор я помню тот нелёгкий разговор во всех деталях, и я не могу простить себе, что не пытался убедить Мишку в том, что «выезд» был единственным правильным решением.

В тысяча девятьсот девяносто пятом году я вновь приехал в Израиль, но в этот раз я сидел Шиву по маме. В том же девяносто пятом я узнал от Сусанны, жены моего друга, что у Миши обнаружили рак. Четыре года лечения не дали результата. В последний раз я виделся с Мишей, когда осенью девяносто восьмого года мы с женой приехали навестить моего отца и сестру. Мой друг приехал повидаться со мной. Внешне он сильно изменился: сильно опух от химиотерапии и радиации, но оставался весёлым шутником и сыпал анекдотами, как из рога изобилия. В тот вечер мы много и о многом говорили. И он, и я знали, что это наша прощальная встреча. Через три месяца Миши, моего друга, не стало.

В холодный январский день тысяча девятьсот восемьдесят первого года я стоял на ступеньках Голландского посольства в Москве и ждал окончания обеденного перерыва. Рядом со мной пританцовывал на морозе мужчина лет тридцати пяти. Я повернулся к нему лицом и спросил:

— Получили визу на выезд?

Он ответил:

— Да.

Я представился:

— Борис.

Он, подавая мне руку:

— Я тоже Боря.

— Женат? — спросил я.

— Да, — ответил он.

— Я тоже, — сказал я. — Жену зовут Галя.

— И мою Галя, — парировал он.

— Есть дети? — спросил я.

— Да, дочь Юля, — произнёс он.

— А у меня сын, Лёва, — сказал я.

— Сколько тебе лет? — перешёл я на ты.

— Сорок пятого года рождения, — ответил он.

— И я того же года, — удивился я.

— Жена твоя, случаем, не сорок восьмого года? — продолжил я допрос.

— Точно, — отреагировал он.

— И моя Галка с того же года, — сказал я.

— Оба инвалиды пятой группы? — спросил он.

— Ага, — ответил я.

Как выяснилось далее, Боря с Галей поженились на три года раньше нас, и дочь их была на год старше нашего отпрыска. Так в мою жизнь со ступенек Голландского посольства вошёл хорошо сложённый среднего роста парень.

Семьями мы познакомились в день отъезда из Союза в аэропорту Шереметьево-2. На борту ТУ-154, который нёс нас на свободу, было сто десять пассажиров, из которых сто пять человек были эмигранты, включая одного попа-расстригу, доказавшего, что его прабабушка была еврейка. Два часа полёта в салоне самолёта царила полная тишина, изредка прерываемая женскими всхлипами. А вот когда первый пилот лайнера объявил, что мы пересекли границу СССР, раздался гром аплодисментов. Захлопали пробками бутылки шампанского, а на глазах уже почти свободных людей появились слёзы. Через три с половиной часа полёта мы приземлились в Вене. Так началась наша эмиграция. Эмиграция Бори с Галей, с Юлей и Бориной мамой Раисой Михайловной и нашей семьи—Гали, Лёвы и моя.

И был замок в Вене, и гостиница в Риме, и двуспальная квартира в Ладисполи: спальня побольше для Бориной семьи и чуть меньше—для моей. Пять недель в Италии, и двадцать пятого марта перелёт в Нью-Йорк: мы в Бруклин к друзьям, а они—в Филадельфию к двоюродному брату Раисы Михайловны. За всё это время, с тринадцатого февраля по двадцать пятое марта, у нас не было ни одной размолвки. Мы, совершенно разные, едва знакомые люди, жили, как одна дружная семья, не имея никаких проблем «коммуналки». Первый год в Штатах мы в основном общались по телефону и пару раз навестили друг друга. Время шло, у нас появились машины, и мы смогли видеться гораздо чаще. У меня появилась возможность общаться с моим другом с глазу на глаз. Борис, по натуре человек прямой, всегда отвечал на мои вопросы, глядя мне прямо в глаза. Для него не существовало двух решений одной задачи—только одно. Я часто ловил себя на мысли, что даже тогда, когда Борин совет бывал не совсем точным, он помогал мне принимать правильное решение. По прошествии сорока трёх лет, прожитых в Америке, я не могу даже предположить, как сложилась бы моя жизнь, не будь рядом парня со ступенек Голландского посольства. Да, тринадцатого февраля этого года исполнится сорок три года с того дня, когда Бог одарил меня другом. У Бориса случилось большое горе: ковид унёс его любимую Галю. Сам он сейчас тяжело болен, и я молю Бога, чтобы он оставил его рядом со мной.

У меня не очень много близких знакомых, по натуре я одиночка. Нет, не поймите меня неправильно: я люблю свою жену, у меня прекрасная семья и родня, но порой я люблю побыть один. Я люблю думать. Я люблю «прокручивать» в памяти свою жизнь, и очень часто один и тот же эпизод моей жизни воспринимается по-другому в одном и том же контексте. Но с какой бы стороны я ни смотрел на прожитые годы, три человека, три парня, три друга, рядом они или нет, всегда находятся бок о бок со мной. За свою уже довольно долгую жизнь я совершил уйму ошибок и принял немало «плохих» решений. Но деяния эти были моими и только моими. Тем не менее я не упомню ни одного решения, принятого по совету моих друзей, которое было бы нелогичным или неправильным.

Настоящий друг не может быть плохим. Он может отойти от тебя по той или иной причине, но скажет об этом, глядя тебе прямо в глаза. Настоящий друг—это дар Божий, это твоя опора в жизни, это кусочек твоей души, это кредо твоей жизни: честь и преданность.

Земля эмигрантов

*Моему другу и «соучастнику
побега» из СССР в день его 75-летия*

Я валяюсь на удобной лежанке в соляриуме белоснежного лайнера, плывущего из Нью-Йорка в Карибское море, и пишу эти строки. Почему мне именно сейчас захотелось доверить бумаге мои сокровенные мысли? Вот уже почти сорок лет я живу в Америке, в благословенной стране, которая стала моей второй родиной, которая дала мне покой и уверенность в себе, которая приняла меня, как равного, без вопросов и допросов.

Я — средний американец, у меня сын и трое внуков, всё слава Богу, нет — слава Америке! Все обуты, одеты, не голодают, имеют хорошее образование. В общем, все обеспечены и не волнуются о завтрашнем дне. Так почему же мне понадобилось написать это эссе именно сейчас? Наверное, потому что чем спокойнее моя жизнь, тем чаще посещают меня воспоминания о том, откуда я вышел и как прошёл тот нелёгкий путь эмигранта из Советского Союза, так же, как прошли его тысячи мне подобных в поисках счастья для своих детей, да и для самих себя.

Ох, как я сейчас понимаю русскую интеллигенцию, покинувшую Россию после революции. И они, и мы проделали этот кошмарный путь от духовной нищеты до нормального человеческого существования. Многие оступились на этой дороге и ушли в небытие, но те, кто выжил, пожинают плоды счастья своего, наслаждаясь успехами детей и внуков своих, живя в стране, где душа твоя свободна, как птица.

Никогда не забыть мне ожидания «ВЫЗОВА», состояния подвешенности между реальностью и неизвестностью. И вдруг! Приглашение на выезд из СССР, и десять дней, за которые ты должен собраться, оформить уйму документов, достать билеты на самолёт и отправить багаж малой скоростью.

А ОВИР! Этот всеядный зверь, которому абсолютно всё равно, кого пожирать и переваривать. Одно название, от которого леденило душу. Эта жуткая контора, напоминающая скорострельный ГУЛАГ: допрос, устрашения, палки в колёса и позорное изгнание из «великой страны». Шереметьево-2. Злые глаза таможенников, наполненные ненавистью и завистью за то, что мы уезжаем, а они не могут, как бы им этого ни хотелось. И обыск, и издевательства над погаными жидами, бегущими со своей «благословенной родины». Плачь! Слёзы родных, которые знают, что мы больше никогда не увидимся. И уезжающие, успокаивающие остающихся. Хотя и те и другие не знали, что нас всех ждёт впереди. И эмигрантский самолёт, где все беспрерывно курят. И женщины, прячущие слёзы. И взрыв аплодисментов, когда самолёт пересёк границу СССР.

Аэропорт Вены, где мы под дулами автоматов с чемоданами и тюками ждём автобусы, а окружающие нас люди смотрят на этот человеческий зоопарк и качают головами. Нам же всё страшнее и страшнее, и поганая мысль сверлит мозг: что же мы наделали! Но обратной дороги нет!

И потом Замок—наше пристанище на пять дней с военизированной охраной от возможных провокаций палестинцев. И куриный суп из пакетиков, и еда с незнакомым запахом, и промывание мозгов, и агитация за принятие израильского гражданства. И комната на тридцать человек: мужчин, женщин и детей, спящих бок о бок. И переезд через Альпы в Италию в неотапливаемых вагонах, слава богу, не в товарняках, как наши предшественники. И остановка перед Римом, где мафия разгрузила поезд, полный людей и клади, за десять минут. И поездка в Рим на автобусах. И расселение по отелям в одном из самых опасных районов города (чего мы не знали). И звонки по телефону домой. И Круглый рынок, и «Стена Плача», где мы торговали матрёшками, шкатулками и прочими сувенирами за гроши. И номер в гостинице без горячей воды и отопления с общим туалетом и душем. И скудные завтраки да обеды, которых не хватало даже нашему одиннадцатилетнему сыну, и его голодные глаза, убивавшие моё сердце. И хождение по Риму с чувством голода в желудке и запахом свободы в воздухе. Вечный Город, который я полюбил на всю жизнь. И переезд в Ладисполи, пристанище моей семьи на три незабываемые недели, наполненные морем с тёмным песком пляжа, макаронами и «крыльями советов», курятиной, которую мы могли себе позволить. Покупка кастрюль, сковородок и первый в моей жизни порнофильм в полупустом зале кинотеатра. И каждодневное ожидание разрешения на въезд в Америку. И поездка в Чивитавеккию на базар за дешёвыми трусами, носками и прочими так необходимыми в жизни вещами. И преферанс на пляже Средиземного моря под ласковым солнцем Италии. И, наконец, разрешение на въезд в США, и перелёт, и аэропорт Кеннеди, и расставание с нашими друзьями: им дорога в Филадельфию, а нам—в Нью-Йорк.

И хлопоты первых недель, и апартамент в Бруклине, и изучение английского, и подработка, и первая настоящая работа. И время становления и знакомства с нашей новой родиной — такой необычной и удивительно доброй. И покупка дома, и женитьба сына, и рождение внуков. И время, пролетевшее так незаметно, что перестаёшь узнавать себя в зеркале. И огромное счастье семейной жизни в этой великой чудесной стране, для которой ты сам уже что-то сделал. И невероятная гордость за содеянное для этой моей Земли Эмигрантов.

*Автор благодарит музей Яд ва-Шем и г-на Яна Сандлера
за исторические материалы, предоставленные
в его распоряжение при работе над этой книгой.*

www.ingramcontent.com/pod-product-compliance
Lightning Source LLC
Chambersburg PA
CBHW070341010826
48976CB00017B/825